译文纪实

ペアレントクラシー
「親格差時代」の衝撃

志水宏吉

[日]志水宏吉 著　　高璐璐 译

父母格差

上海译文出版社

目 录

前言 / 1

第一章　拼家长的社会
——问题出在哪里？

1. 什么是家长主义 / 3

   从精英主义到家长主义/为什么会流行"父母盲盒"的说法？

2. 家长主义的发展历史 / 7

   影响近代世界的精英主义的原理/以明治维新为转折点/精英主义的终极形态是家长主义

3. 拼家长的现状 / 12

   拼家长是如何显现的/容易流于"画大饼"的"多样化选择"

4. 与新自由主义教育政策共生 / 22

   愈发强势的新自由主义色彩

5. 本书的结构 / 25

第二章　被逼入绝境的孩子们

1. 一位初中女生的独白 / 29

站在孩子的视角

2. **追不上家长主义的孩子和年轻人** / 33
   孩子们的"辛苦"现状

3. **乘着家长主义的上升气流** / 43
   大阪大学学生的案例

4. **如何看待家长主义** / 58
   肯定派的观点/犹豫派的观点/怀疑派的观点/不是只有"被逼入绝境"的被动状态

第三章　深陷焦虑的家长

1. **分化的家长立场** / 71
   越来越卷的群体和不参与内卷的群体

2. **拼教育阶层的战略** / 74
   备考的真实状况/补习班和兴趣爱好班的现状/堪比"天王山"的初中升学考试

3. **不断上涨的教育费用** / 84
   日本的教育费用负担是世界最高水准

4. **关于育儿阶层差距的研究——从欧美的过往经历来看** / 88
   "文化资本"/"协作培养""自然成长"

5. **日本的育儿研究** / 92
   育儿差距/四种类型

6. **总结** / 96
   焦虑的原因/中产阶级最焦虑

第四章　困惑的老师们

1. 写在前面 / 103

    1990年代的风向变了

2. 家长、孩子与老师的三角关系 / 106

    变成了"教育是可选择的"

3. 家长主义给学校和老师带来了什么 / 109

    老师苦于和家长打交道／学校的两极分化

4. 新自由主义带来的矛盾——老师们的心声 / 116

    大阪的老师们的证言

5. 总结 / 122

    老师受难的时代

第五章　四面楚歌中的教育行政

1. 教育行政的处境 / 127

    站在教育行政负责人的角度／1990年代之后"上意下达"逐渐强化

2. 国家教育政策的动向 / 130

    "临教审"成了扳动家长主义的扳机／围绕学习能力展开的国际竞争

3. 审视教育行政的视点——公正和卓越性 / 134

    大阪的情况／公正和卓越性

4. 教育行政官员们的战斗 / 137

    知事和教委的攻防战

5. 新的突破口——关于《教育机会确保法》/ 146

    《教育机会确保法》／未被充分保障的少数群体的"学习权利"

第六章　摆脱家长主义的道路
　　1. 导言 / 151
　　　　我们还能做什么
　　2. 大阪大学学生提出的解决方案 / 155
　　　　学生们的回答
　　3. 如何改变拼家长的现状 / 162
　　　　差距扩大的过程/如何缩小学习能力差距
　　4. 如何评价作为理念的家长主义 / 168
　　　　被置之不顾的人/平等主义/实现公正的第一原则化和卓越性的多元化
　　5. 结语 / 172
　　　　"做喜欢的事"和"与喜欢的人在一起"/创造机会去了解何为公正

尾声 / 175

后记 / 178

参考文献 / 183

前　言

"啪、啪!"选手们拍手的声音回响在冬日清晨凛冽的空气中。"今年一定要打入全国大赛!"健太一边朝神殿深深鞠了一躬,一边在心里嘀咕着。"鞠两次躬,拍两次手,再深鞠一躬。"选手们按照教练的指示,乖乖地做着新年参拜。那是2022年,寅年的开端。

健太是初中二年级的棒球少年。他们今天来的是球场附近的神社,球场是他所属的少年棒球联盟[1]的专属场地。总教练、教练团队,以及所有选手在正月的一大早集体来祈愿是团队一直以来的习惯。

健太家住在大阪市区的下町,也可以说是大阪的正中心区域。他和母亲、读高中的姐姐、外公外婆住在一起,家里有5个人。父母在健太很小的时候就离婚了。父亲从事室内装修工作,也住在附近,偶尔带健太去看阪神虎队[2]的比赛,或者一起吃顿饭,母亲对这些几乎不多嘴。

---

[1] 原文为"Little League",也称世界少棒联盟,是位于美国的一个非营利运动组织,创立于1939年。——译者(本书注释如无特殊标识均为译者注)
[2] 原文为"阪神タイガーズ",为日本职棒球团,主场位于阪神甲子园球场。

母亲是个劳碌命。她平日在家附近的正骨医院上班,夜晚在相熟的阿姨开的居酒屋里帮忙。外公是出租车司机,还在一线工作。外婆在一家做下酒菜零食的工厂里打零工,但她身体不好,总生病,最近一段时间待在家里休养。一家人的生活受到疫情的正面冲击,收入减少,医疗支出却在增加。艰难是肯定的,但母亲没有抱怨过一句。她还是球队监护人协会会员,每周日雷打不动地出现在球场上,参与各种形式的活动来协助健太和其他队员的练习。

"我一定要当上职业棒球手,让母亲过得轻松一点。"健太心里一直这么想。父亲是狂热的阪神虎队的粉丝。健太受父亲的影响,从小学低年级起就开始打棒球,高年级时进入了少年棒球联盟。少年硬式棒球在大阪相当流行,健太所在的球队以强队之名广为人知。健太个子高,速度快,作为正式核心队员不仅是球队里的头号击球手,也是二号投球手。健太和母亲眼下的梦想是他能打出好成绩,以棒球特长生的身份进入名校。

健太就读的初中是公立学校,之前因为"学风差"而名声不好。母亲和父亲年轻时都是"不良青少年",也是从这所学校毕业的。现在的校长刚好是母亲读书时的班主任。如今的学生人数和当年比大幅减少了,但社团活动丰富了起来,学校也得以重振名声。大阪市实行的是择校制度,这所中学也成了附近区域的"热门学校"。老师们虽然严厉,但很照顾学生,同学也都是"有趣好玩"的小伙伴。对健太来说,在这所中学读书的时光十分快乐。

"吧唧、吧唧。"里绪感受到小铁的舌头在舔自己的脸,醒了。他也是初中二年级的男生。"小铁"是他家宠物贵宾犬的名字。看了看床头的钟，已经大上午了。昨晚全家人围在一起开开心心地看了红白歌会。父亲看完《岁末新年》[1]就回卧室睡觉了，里绪和母亲在客厅看电视一直到深夜。"那就偶尔睡个懒觉吧。"里绪抱着小铁笑着说。

里绪家住的高层公寓位于大阪北部，那片区域被称为"北摄"。家里有他和父母三个人。父亲是毕业于东京大学的研究生，现在在大企业做工程师。疫情发生后，父亲居家办公的情况多了起来。母亲毕业于知名音乐大学，还在德国留过学，现在是小提琴老师，目前基本在家里一对一教小提琴课程，主要指导备考音乐大学或者有音乐专业的大学的高考生。

小铁是在里绪5岁生日时来到家里的。据说里绪这个名字在他出生前就定好了，男生女生都能用，听起来也很国际化。不知道是不是这个原因家人才想给宠物起一个十分有日本味道的名字，叫它"小铁"。但撇开这些，小铁的到来对于作为独生子的里绪来说，真的像有了兄弟一样。

母亲在里绪很小的时候就给他读绘本和书，也许是受这方面影响，里绪也很爱读书，喜欢到小学五年级时就基本读完了学校图书馆里的所有藏书。不仅如此，当里绪说他想踢足球时，父母也立即满足了他的愿望，还在他小学一年级时让他加入了当地历史悠久的足球俱乐部。每一个练习日，母亲都风雨无阻地开家里的保时捷接送他。当然了，像拉小提琴一样，母亲开车也是一把好手。

---

[1] 日语原文为"ゆく年くる年"，为日本各民营电视台于每年12月31日到1月1日播放的跨年节目，直播全国各地的跨年情形。

五年级时出现了变化。那一年里绪开始上升学补习班，这是里绪自己作出的决定。他当时已经进入了预备的正式球员名单，但还是决定暂时放弃足球，因为现实中几乎不可能做好两方面的平衡。他去考了家附近一所私立学校的初中部，那里有全日本数一数二的升学率。他在模拟考拿到了 A 的成绩判定，但数学考试中出现了失误，最后遗憾落选。

他后来考上的就是现在读的这所寄宿制私立学校。当时他还考上了另一所私立学校，从家去上学路程方便，母亲也希望他读这所离家不远的学校，但里绪自己选择了寄宿生活这条路。入学后他加入了足球社团，但社团水平太差，后来他转到了网球部，积极参加活动。来年就要高考了，他在考虑要不要转到一所偏差值[1]更高的私立学校去。为什么呢？因为他无论如何都想考上父亲的母校东京大学，但这在目前的学校似乎有点难以实现。

这一天是元旦，他下午要和父母一起去做新年参拜。而且，明天还要早早回到学校。后天 3 号开始，学校就要进入"冬季学习闭关集训"。里绪的寒假一眨眼就结束了。

这里介绍的健太和里绪都出生于 2008 年 1 月 27 日。这一天，创立了大阪维新会的桥下彻在两个男生的故乡当选了大阪府知事，取得了历史性胜利。

---

[1] 偏差值是一种利用标准分算法得到的与排名挂钩的数值，一般用于衡量日本升学考生的分数排位。排名正好位于 50% 位置的学生偏差值定为 50。偏差值越高，表示学生的分数排位越靠前，越容易进入好的高中或大学学习。

桥下的政治手段堪称"新自由主义"理念的彻底实践。所谓的新自由主义是一种强调个人选择和市场原理的政治立场，而桥下的教育改革路线试图以竞争和结果主义原理彻底改变学校教育系统，这给大阪府内的教学一线带来了翻天覆地的变化。

这种新自由主义与本书的主题"家长主义"（Parentocracy）里外呼应。关于这一点，我将在本书第一章详细探讨。

我在开头想强调的是，这两位男生出生长大的时代正是可称为"拼家长"的时代，即每个家庭为孩子倾其所有，家长也对孩子寄予了各种"期待"，这些都将对孩子的人生道路产生极大的影响。

我发自内心地希望健太和里绪都能过上同样幸福的人生。

他们在之后的人生里，可能会因缘际会地在某个场合相遇。但这种可能性实际上极其渺茫。在不同家庭环境下成长的他们，彼此之间的差距会在学校教育系统的框架下继续被拉大，最终踏入截然不同的社会圈层。他们会住在不同的地方，从事不同的工作，过着不同的生活。我不能断言他们完全没有交集，但还是明白他们将来可能不会有任何接触。

下文中，我将直面他们生活的环境，即被称为家长主义与"父母格差"[1]的社会万象。

1　日语"格差"指阶层等的差距，"父母格差"即指家庭条件的差距。

第一章 拼家长的社会
——问题出在哪里？

1. 什么是家长主义

从精英主义到家长主义

"家长主义"是本书的主题。绝大多数读者或许对这个词并不熟悉。

"Parent"这个词众所周知,是"父母"的意思。其后跟着的词语是"Cracy"。"Cracy"是表示"对某某的支配"("对某某的控制力或话语权")的句尾表达,比如,"Democracy"(民主制、民主主义)是"来自人民的统治","Aristocracy"(贵族制、贵族主义)意味着"来自贵族阶层的统治"。以此类推,"Parentocracy"也就是"来自父母的统治"之意,即"父母的影响力极其强大的社会"。

创造"Parentocracy"一词的是英国教育社会学家菲利浦·布朗。根据布朗的说法,在拼家长的社会里,"家庭的财富(wealth)和父母的期待(wishes)"将极大地影响孩子的未来和人生。

我在此简单介绍布朗的观点。

1990年,布朗在《英国教育社会学会志》这一杂志上发表了题为《第三次浪潮》的论文,向世界输出了"家长主义"这一概念。英国社会在当时的撒切尔首相主导的教育改革中剧烈震荡,而这一改革也被视为二战后最大规模的一次。布朗用了家长主义以及第三次浪潮来形容这一改革所引发的社会变化,两者都是引领此次教育改革的教育理念。

布朗将这一观点总结如下:

> 第一次浪潮发生在19世纪后半期,最大特征是发展出了针对劳动阶层的孩子们的大众教育。第二次浪潮是从基于杜威[1]所说的"预先决定是封建时代的常识"而产生的教育转向了基于个人成绩和能力而被组织化的教育。第三次浪潮的特征是与孩子们的能力和努力无关,由父母的财富和期待决定孩子能接受什么样的教育,且这一体系在渐渐固化。换句话说,精英主义的意识形态已经慢慢转变为我称之为家长主义的意识形态。(前述论文,第65页)

关于第一次浪潮和第二次浪潮,我将会在后面的章节中论述。引用上文的重点在于希望大家意识到世界已经从精英主义渐渐过渡到家长主义了。

《Imidas时事用语词典》中提到,家长主义是基于撒切尔的教育改革所产生的概念,"指越来越多的监护人对学校教育水平的高低表示出极大关心,进而慎重择校,加上教育机会、

---

[1] 约翰·杜威(1859—1952),美国著名哲学家、教育家、心理学家,美国实用主义哲学的重要代表人物,也被视为是现代教育学和机能主义心理学派的创始人之一。

教育成果不仅受家庭的社会阶层、经济实力影响,也被家庭的文化环境和监护人对教育的积极支持度所左右,导致教育差距扩大的倾向愈发明显的现象"。(Imidas, https：//imidas.jp/genre/detail/F-101-0065．html)

上文引用的布朗的文章最后一句是这样说的:"精英主义的意识形态已经慢慢转变为我称之为家长主义的意识形态。"

"意识形态"的意思接近于"思考方式"和"理念"。更准确地说,这是一个社会学用语,有着"最终结果上有利于某集团的思考方式"的隐藏之意。举个例子,"对大众来说,接受教育是一件有意义的事情"是个普世观点,但现实社会中存在着各种各样的教育差距,所以极有可能变成"富裕阶层"才能最大限度地享受学校教育的好处。换句话说,表面上看是"对谁都很重要"的事情,但残酷的现实是"基本上特定群体才是既得利益者"。到最后就变成了某一意识形态在发挥作用,即看起来中立的学校教育的理念只对特定人群利好。

那精英主义的意识形态到底是什么意思呢?这一点我也将在下一章论述,但言简意赅地说,是"靠个人能力和努力来创造人生"的理念。这一点已经深深扎根于我们的生活中,成了"常识",其意义也被普罗大众接受了。只是时至今日,贫富差距等课题变得越来越日常化,在日本社会里,精英主义真的还能有效运转吗?我们对此不得不打一个大大的问号。

为什么会流行"父母盲盒"的说法?

最近一段时间很流行"父母盲盒"这个说法,意思是"无法选择自己的父母""投胎在谁家就已经被决定好了人生"。词语的来源是被称为"扭蛋"的自动贩卖机，每一个蛋形透明的小盒子里都装着未知的玩具。只要投入硬币，转动商品的摇杆，就会产生"咔嚓咔嚓"的声音。只需要 100 日元或 200 日元就能拿到一个小玩具或者手办，但这是漂亮物品还是粗劣物品，不扭开扭蛋就不会知道，颇有听天由命看运气的意味，和人的命运如出一辙——我们不知道自己出生在"好父母"的家里，还是完全相反。"父母盲盒"的说法就是揶揄这一现实，有自嘲的成分。

我在大学课堂上提到拼家长的话题时，学生们立即给我举了很多例子，其中就有"父母盲盒"这个词，是刚刚流行起来的说法。只是，我对这个词总感觉到不舒服，听起来让人不踏实，觉得哪里不对劲。

但无论我怎么感觉，日本这片土地已经完全够让这个词所指的现象普及开了，因为很多人都切身感受到出生在什么样的家庭的确会给孩子的人生带来天壤之别。或许有人会说学校教育诞生之前，社会状况不也如此吗？的确，那时候身份和家庭背景基本决定了一个人的人生高度，但那都是"看得见的壁垒"。现在的社会里，身份和家庭背景，还有贫富悬殊所带来的社会壁垒无法肉眼可见了。问题就在这里，"看不见的壁垒"切切实实地存在于社会中。对于生活在现代社会的孩子们来说，家庭条件的不同已经有了决定性意义。

2. 家长主义的发展历史

影响近代世界的精英主义的原理

日本近代的起点是明治维新。如果把 1867 年的大政奉还[1]视为开端的话,距今(2022 年)已经过去了 150 年的岁月。

刚好在这段岁月的中间点发生了第二次世界大战(1939—1945),这也是世界近代史上最重要的事。简而言之,明治维新到第二次世界大战的时间段(大约 75 年)与战后至今的时间段几乎一样长。用图表示如下。

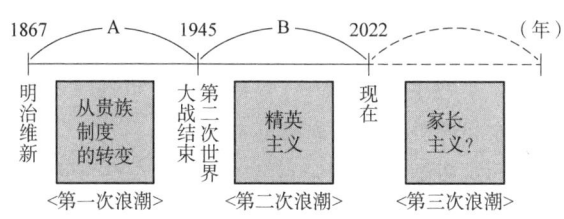

图表 1-1 历史的进程

我已经年过六旬了,但我们这代人没有"第二次世界大战"的真实体验,感觉它和"明治维新"一样是历史上发生的事情。然而，如此图所示，我自己成长于图中的 B 时期，它与 A 时期几乎等长，而且会越来越长，我自然也感触更深。不如说，"战后至今"的时间长度已经超过了"明治维新到二战爆发前"的时间。

从教育方面来说，主导图表 1 - 1 的 A 时期（明治维新→第二次世界大战结束）的是 1872 年颁布的"学制"命令。在遵循四民平等精神的基础上，在"村无不学之户，家无不学之人"这一理念的旧学制环境下，日本普及了大众教育。以学校教育的扩大为转折点，日本在明治、大正、昭和时期快速完成了现代化，但最终走向的是二战战败这一不幸的结局。

二战后，日本在美国 GHQ[2] 的指导下，于 1947 年开始了新学制。具体来说是以小学、初中、高中、大学为轴，建立了一套单线型学校体系。日本也在这一教育制度下顺利取得了战后经济发展的奇迹，并且在 1970 年代率先进入了发达国家行列，直至今日都发挥着引领世界的经济大国作用。

从教育敕语为核心的旧学制，到标榜民主主义的新学制，日本教育的本质在前后两个时期呈现出极其具有对比性的特征。然而另一方面也可以指出，两者其实是朝着同一个目标而建立的。这个目标就是"推进精英主义"。

明治时代，日本的中心国策是"富国强兵"，而战后日本的最主要课题是"经济发展"。两者的核心都在于"培养人

---

1 大正奉还，指第 15 代将军德川庆喜把政权还给了天皇，标志着持续 260 多年的德川幕府统治结束，以及日本封建时代的结束、近代日本的开始。
2 英文 General Headquarters 的缩写，意为驻日盟军总司令部，是日本盟军占领时期的最高权力机关，代表同盟国指挥日本政府的运作。

才"。要如何培养对国家有用的人才呢？为实现这一目标，国家集中学校制度的力量动员了全体国民，其背后基于人才选拔的原则进行国家统治的方法就被称为精英主义。在过去的150多年时间里，夸张点来说，日本这个国家之所以能够在全世界影响其他国家，原因就在于精英主义的原理。

精英主义通常被翻译为"优绩主义"。创造这一词语的是英国的迈克尔·杨，他用以下公式来形容精英主义的社会：

$$优绩（Merit）= 能力（IQ）+ 努力（Efforts）$$

以明治维新为转折点

换句话说，每个人拥有的能力和他们一路积累的努力组合起来的结果就是"个人的优绩"，而能够回应他或她的优绩来开拓人生的社会就是精英主义的社会。结合前述布朗的观点来对应图表 1-1，A 部分恰好是"第一次浪潮"，B 部分是"第二次浪潮"。无论哪一次浪潮，都是精英主义为主导原理的时代。

如此看来，近代社会强调个人的能力和努力，而"贵族主义"的社会先于其存在，通常也被形容为"身份社会"。在这样的社会里，国王被视为中心，贵族们构成了社会的统治阶层。而且，每个人的人生基本在出生的一刻（身份和家庭背景）就定型了。如果要反抗"命运"，很可能伴随着巨大的风险和沉重的社会代价。

从 18 世纪末到 20 世纪，世界上大多数国家都沿着各自的历史进程爆发了市民革命，也渐渐完成了从贵族统治社会到精英主义社会的转变。如前所述，日本是以明治维新作为转折点的。

但图表1-1所示的B时期在走过与A时期等长的历史后进入到今天，一些全新的事态席卷了日本社会。极端地说，我们可以清晰发现，被精英统治了150年时间的世界开始出现剧烈的质变。这种变化的实质显现为向家长主义的过渡。前文提到，根据布朗的研究，家长主义可表示为以下公式（Brown，1990年）：

$$选择（Choice）＝财富（Wealth）＋期待（Wishes）$$

精英主义的终极形态是家长主义

已经进入21世纪的当下，在各个发达国家，个体的人生是由一个个选择构成的。而对这些选择具有决定性作用的是父母（家庭）所拥有的各种"财富"，以及他们对孩子的教育和人生所寄予的"期待"。

我希望读者能留意到一点，作为理念的家长主义和作为实际情况的拼家长具有不同的侧面。"作为理念的一面"指最大限度去尊重家长有选择自由的政治立场，这也是本书第五章将要论述的构成当今新自由主义教育改革的暗流。我在前一本书《两极化的学校》（2012年）里也讨论过，这一侧面带来了公立教育的"解体"。但另一方面，拼家长"作为实际情况的一面"，如"父母盲盒"一词形容的那样，表现为孩子、年轻人当中出现了各种显著"差距"。

我认为，家长主义并不是紧随精英主义之后到来的新时代。迈克尔·杨曾经为我们敲响警钟，如果深究精英主义的原理，其终极形态将会呈现为家长主义。我认为这就是最接近真相的观点。

精英主义的理念强调"个人的能力和努力最重要"，毫不夸张地说，这一理念在改变近代社会时起到了火车头一样的作用。在某段时期里，精英主义的确牢牢掌控着社会的进步和发展。然而，那只是精英主义的表面。万事万物皆有两面性。迈克尔·杨强调，精英主义还有不为人知的另一面，即他在著作《精英主义》（1958年）这一未来小说中所描绘的，基于能力带来的阶层分化将越发严峻，国家也呈现出分裂的状态。简单来说，精英主义的升级版就是家长主义的社会，且很可能沦落为前近代社会那样充满了不平等和各种差距的社会。

3. 拼家长的现状

拼家长是如何显现的

如果聚焦现代日本社会,家长主义的趋势会在哪些地方更为明显呢?在此我们集中三点来进一步了解其现状。这三点如下:

① 各领域中被称为二代的人越来越多→二代化

② 社会开始注重出身好坏→血统化

③ 教育领域中的各种差距越来越大→差距扩大化

接下来我们按顺序来详细了解。

① 二代化

各领域都出现了越发常见的二代现象。在政界、财界、学术界、演艺界、体育界等领域,出现了越来越多被称为二代的人,活跃程度也在不断加强。无需赘言,"二代"就是指"可以继承一代(父母)地位的人(指定继承人)"。

"世袭"与此大同小异,但范围更接近一些特定的地位和职业,指"子孙能代代相承"的领域,大家很容易联想到的是传统艺能的世界。例如有一位叫市川海老藏[1]的演员，他是"第11代"。年轻时想要什么样的人生都行，但如今不论愿不愿意，他都背负上了这块大招牌，之后也将以"市川团十郎"（第13代）袭名。

出生在"名门"的男性在30岁至40岁的时候成长为"独当一面"的演员，各位读者对此应该不会感到惊讶吧。以表演歌舞伎来说，演员需要掌握各种各样的技能和举止，但这些或许与"才能"没有太大关系。就结论而言，我认为"环境决定了一切"，即出生在歌舞伎世家已经决定了一切。在这样的环境中呼吸、吃饭，在和身边人互动的过程中就自然而然地成为了歌舞伎演员。也可以说，如果没有出生在市川家，他就不会成为海老藏。

当各个领域的二代现象不断增多时，我们需要留意到隐藏在这一现象背后的事实。那就是他们出生在一代家里，被一代抚养长大也意味着他们在各个领域得到的机会在当下大大增多了。其中最容易看清楚的就是政界的例子。

我们首先来看历代首相。1996年自民党重回政坛时的首相是桥本龙太郎。之后，政权发生了如下更迭：

桥本龙太郎→小渊惠三→森喜朗→小泉纯一郎→安倍晋三→福田康夫→麻生太郎→鸠山由纪夫→菅直人→野田佳彦→安倍晋三（二度开花）→菅义伟→岸田文雄

---

[1] 第11代市川海老藏，本名堀越宝世（旧名堀越孝俊），是日本歌舞伎演员，出身歌舞伎世家，已于2020年5月袭名为"十三代目市川团十郎白猿"。

共计 12 人，但其中不是二代、三代的世袭政治家只有菅直人、野田佳彦、菅义伟 3 个人。而其中前两位是民主党执政下的首相，也就是说，近年来自民党执政之下非世袭出身却登上首相宝座的，只有菅义伟一个人。

此外，据一份报告显示，如今国会议员当中约三成都是"二代"为中心的世袭议员。通过定量分析我们可以发现，"世袭议员在选举中有得天独厚的地盘和资源优势，选举实力强，当选次数也更多，在自己代表的地区往往也能拿到更丰厚的赞助"（饭田等，2010 年，第 139 页）。

"地盘、广告、资金"是众所周知的一句话。如果没能被这三个"ban"[1]眷顾，就很难在选举中获胜，这是残酷的现实，世袭议员不断涌现的现象也与此有紧密关系。

我们切换一下场景，看一下演艺圈，其星二代的数量也在明显增多。在网上可以搜索到一篇名为《你会想到哪些成功的星二代之排行榜！让人感觉不到父母光环的星二代又是谁呢？》的报道，文中列出的前十名是宇多田光、佐藤浩市、Taka、杏、香川照之、长泽雅美、京本大我、新田真剑佑、杉咲花、松隆子这些明星的名字。（https://ranking.net/rankings/best-nisei-geinoujin）其中好几位是我不熟悉的人物，所以他们是谁的二代（谁是他们的父母），读者们知道吗？

演艺界，还有音乐界和体育界的二代为什么会越来越多呢？虽说我们找不到确凿的证据，但能想到的是作为一代的父

---

[1] 日语原文为"地盤、看板、カバン"，每个单词的最后一个音节均为"ban"。

母给他们培养了扎实的知识和技能，因此二代的起点就有更多优势，比如更高的人气，更强烈的工作动力，更强的经济实力和更丰厚的资产，更广的人际资源网等。只是，二代们将来能否持续"成功"另当别论。是躲避在"父母的羽翼"下，还是开拓出了更广阔的发展，这要看二代自身的修炼和努力了。

二代现象的增多也说明了社会阶层再生产的倾向进一步加剧。从社会学的阶层研究领域的观点来看，近半个世纪以来，日本社会整体的阶层流动率几乎没有变化，但仍旧可以观察到的一个事实是"社会上流阶层的人口占比减少以及阶层跃升率的低迷"（石田、三轮，2008年）。在此需要强调的一点是，白领当中至少还有管理岗位和技能岗位的区分，但政治家也好艺人也罢，他们毫无疑问都是身处"社会上层"的人，得到了大众的普遍关注。而这些位置是普罗大众难以企及的，换句话说，阶层封闭的倾向越发明显了。

② **血统化**

如上所述，我觉得与"二代化"现象密不可分的一点是，在家长主义的社会里"出身好"（或者说"家境好"）这一要素也越来越被看重了。

前几天我偶然打开电视，看到正在播放的一个节目，是对一个叫上白石萌音的演员的访谈。她也是2021年NHK晨间剧《来吧来吧，大家一起来》[1]的主演。我听到她的发言，脑子里自然而然浮现出"演艺界的家长主义"这个词。

1　原名是 *Come Come Everybody*，讲述的是一个横跨昭和、平成、令和三个时代的祖孙三人与英语广播节目共同成长的百年历史故事。

表面看起来她是演员，唱歌也很好。此外，她会自己作词，据说还在写随笔。当然，她的演技也很精湛，无可挑剔。当主持人说了一句"后生（多栖发展）可畏啊"时，她回答："是啊，我身边的人都在跨界了。"换句话说，她周围认识的年轻人都在努力地"跨界"，即进入各种各样不同的领域发展。她还在节目里说了在阿卡普尔科[1]（她父亲是当地日本学校的老师）的往事，以及同为演员的比她小两岁的妹妹萌歌的趣事。

很多人看到她都会下意识留意到"家境好"这一点吧。父亲在国外日本人学校教书，母亲曾经是音乐老师，后来成了钢琴私教老师。在这种环境的熏陶下，她一点点发展出了自己的天分和潜力，一路成长到现在24岁的年纪。这也让我感受到"家长主义"实实在在地在身边存在着。

话题转向我熟人的孩子。这位熟人是北陆地区某县的教育工作者，太太是高校教师。就结果而言，父母是老师的这位独生女应届考上了东京大学，毕业后进入了文部科学省工作。

我也毕业于东京大学教育学部，曾经和这一家人一起吃过饭。就是那次，这位女生对我说："志水老师之前说的'穷苦学生'在我们教育学部几乎很少遇到。我很多朋友都是很开朗的人，也相对轻松地考上了这里。"其实她自己也是如此。性格开朗、率真、聪明、和父母亲近，简直是挑不出缺点的孩子。

我高考是40多年以前的事情了。我运气好，第一年就考上了，但那时候大家复读一年，甚至复读两三年都很常见。我

---

[1] 阿卡普尔科是墨西哥南部太平洋沿岸港口。

记得当时的应届录取率大概是45％（我是应届考上的，特别开心，清楚记得这个数字）。其中还有稀稀疏疏从小地方的无名学校考上来的学生，我自己就是。记得刚入学时，我就是跟着这帮"少数群体"聚在一起开始了大学生活。可如今，能从小地方的无名学校考上东大的情况几乎罕见。据说现在东京大学的应届录取率已经达到了70％以上，但其中绝大多数都来自有名的升学高中。

为什么应届录取率可以达到这么高呢？一个很容易想到的理由是，无论出于经济层面还是心理层面的原因，考生都在回避成为复读生。但我一直觉得真正的原因另有出处。一言以蔽之，可以说这就是"家长主义增强的结果"。就是说，目标是东大的备考之路的起点已经明显地低年级化了。年轻人只要乖乖遵循父母安排的育儿、教育之路，顺顺利利地成长起来，就能跨过高考这一难关。反过来说，那些辛辛苦苦向上攀爬的人无论如何也跨越不了的鸿沟，或者是在小地方按部就班默默努力的人无论如何也翻越不过去的高墙，也在这中间不知不觉出现了。

或许我这样的表达并不合适，但前文提到的女演员，以及熟人的孩子的确都是被精心抚养长大的出身好的孩子。出身一词，用英文表达是"thoroughbred"。具体来说，"彻彻底底地"或者"细致地"（thorough）"被抚养"（bred），就是好的出身。

教育社会学家本田由纪曾经提出过一个观点叫"超级精英主义"[1]（本田，2005年）。"Hyper"是"超级"的意思。跨过

---

[1] 日语原文为"ハイパー・メリトクラシー"，即英语的"Hyper Meritocracy"。

精英主义的下一个阶段,在"超级精英主义"的世界里,不单单强调原先必备的能力(主要指在考试中被测定的能力),还强调沟通能力和创造力、解决问题的能力,连"感知力""人间力"[1]这种无法用数值来测定的能力也越来越被重视。我认为超级精英主义的说法最能准确捕捉"家长主义"社会里最被强调的核心能力。血统论的"出身好"不能是哗众取宠的东西,必须是谦虚低调且优雅不凡的东西。

然而,名种马的使命终究是在赛马中取胜,追求的是"跑得最快"。生活在现代社会的人们仅仅会交流还远远不够,那只是在激烈的竞争中取胜的前提条件。在此之上还要能与他人进行良好的沟通,能发挥独特的解决问题的能力。卓越的名种马不仅要跑得快,也必须具备出色的观察力和奔跑方法。

③ 差距扩大化

我们之前探讨的主要是与社会上层有关的内容。反过来,我们也需要看看家长主义之下那些只能依靠自己的人。接下来,我们把注意力放在"另一端",即在家长主义这个游戏中无法充分利用游戏规则的人,或者说句极端的,是在这个游戏中"尝尽苦头"的人。

我从 2000 年开始参与学习能力[2]问题的调查研究。之所以会做这方面的研究,是因为当时有一个关于学习能力低下问题

---

1 日语表达,表面意思是"身为人的能力",具体可以理解为"成就自我和帮助他人",包括使命感、想象力、热情、责任感、说服力、专业能力、表现力、管理力、助人的能力等。
2 这里的日语原文用的是"学力",指在学校教育中习得的知识和技能。

的激烈讨论（市川，2002年）。我们就此进行了比较大规模的实际调查，从中发现所谓的"学习能力低下"其实反映出的是"学习能力差距的扩大"这一事实（苅谷等，2002年）。

说得更通俗些，在中小学生当中出现了一个越来越明显的状况，即被称为"双驼峰化"的现象。以前被称为"单驼峰"的时期，孩子们的学习能力分布只呈现出"会学习"和"不会学习"两极分化的倾向。而当下出现的"双驼峰"这一状况则与孩子们的家庭背景紧密相关，即"会学习"的孩子往往生活在相对富裕而稳定的家庭里，而"不会学习"的孩子的家庭往往面临着各种各样的棘手问题，基本上可以这样总结。而且，这样的状况在如今的公立中小学校里已经成为常态，如何帮助"不会学习"的孩子成了各学校共同面临的紧急课题。

关于这一点需要注意的是，孩子们也出现了"体力上的两极分化"这个问题。2021年出版的一本名为《孩子们的体育差距》的书里，作者探讨了孩子们的"体力的两极分化"与"学习能力的两极分化"之间的相互影响。他指出了重要的一点，"正如各项数据所示，人们的社会经济地位极大地影响着体育运动机会"，同时"呈现出向近代之前的体育运动回归的倒退趋势"（清水编著，2021年，第 vi—vii 页）。这里提到的"近代之前的体育运动"指有特定地位和身份的人才能享受到有趣和快乐的体育运动。

回到学习能力差距的话题。我一直试图深入了解学习能力差距的实际情况，以探寻改善和解决这一问题的方向。其间偶然产生了一个想法，其实这一差距不仅体现在每一个孩子身上，也体现在孩子们就读的学校之间差距的扩大化，所以两极分化才越来越严重吧。追踪"会学习"和"不会学习"的两极分化现象就会发现，会学习的孩子都集中在"被好评的学校"，而不会学习的孩子都集中在"被差评的学校"。

虽说多少有些地域差异，但通常来说中小学校阶段就会有这样的区分，即"会学习"的孩子都去"私立学校"，成绩一般的孩子去"公立学校"。后来，公立学校也出现了进一步的分化现象。2000年品川区实行"择校制度"后，全国各地纷纷效仿，使得分化程度进一步加剧。根据文部科学省的调查，到了2006年，日本有几乎14%的自治体采用了不同形式的"择校制度"。在那之后，叫停这一制度，对其重新进行审视的呼声越来越高，一直延续至今（志水，2021年，第四章）。

总而言之，自从2007年开始持续进行全国范围的学习能力、学习状况调查后，我们能从现在的得分分布看出一个趋势，几乎在所有的自治体里，得分高的学校和得分低的学校都呈现出两极分化的趋势。而且，学校的地段，以及选择这所学校的家长的社会经济地位也极大地左右着每所学校的得分。

我在此尤其想强调的是，认为拿到高平均分的就是"好学校"，拿低平均分的就是"差学校"的看法是极为不准确的。为什么呢？大致来说，学习能力测试的分数与"家庭实力"和"学校实力"都有关系，至少从教育社会学的角度来说，认为高平均分与"家庭实力"相关的观点完全可以成立。更极端来看，高学历的家长，或者从事专业技能岗位工作的家长占比多的学校里，即便教师对工作相对懒散，孩子们依然能考得高分。如此，还真的能把这些学校称为"好学校"吗？反过来，"困难"家庭相对多的学校里，即便教师拼命去提升孩子们的学习能力，结果也不会太奏效，仍旧容易出现平均分低迷的情况。所以称这些学校为"差学校"也是有失公允的。

容易流于"画大饼"的"多样化选择"

家长主义的基础在于家长的一片苦心，"想给孩子提供尽可能好一点的教育"，而为了满足家长这个愿望，学校教育系统被迫进行了重塑。进而，为了满足孩子和家长多种多样的需求，出现了多类型的教育设施，人们的选择也随之多了起来。可现实中能从这种尝试中受惠的只有一小部分人，即前文提及的我上一本书中称为"能选择教育的人"。对于绝大多数只能"接受教育的人"来说，宣扬尊重选择自由的教育系统看起来花样丰富，实则只提供了昂贵的选项，十足像一座高档商场。不仅如此，贫困阶层和外籍人士经常面临成为"难以接受教育"的人的风险。对他们而言，所谓的多样化选择不过是画饼而已。

在这种状况下，不仅仅是高中和大学，连小学和中学也出现了纵向的排序倾向，即分化为"好学校"和"坏学校"的倾向愈发严重。这一事态令人无法置之不理。

4. 与新自由主义教育政策共生

愈发强势的新自由主义色彩

所谓新自由主义，就是一种在注重市场竞争、强调个体自我负责为基础的政府路线下，推行福利与公共服务的优化、公共事业的民营化、大规模放宽市场限制、废除劳动者保护政策等措施的政治立场（志水，2021年，第44页）。在这种背景下的新自由主义教育政策中，"为了将市场原理（更具体来说是指选择的自由，或者说竞争原理和结果主义）引入教育领域而采取的一系列政策的意图十分明显"（志水，同上，第20页）。换言之，家长主义与新自由主义教育政策是共生的关系。

"共生"是一个心理学术语，指"自己与特定对象相互过度依赖，且被困在这种关系里的状态"。如前所述，家长主义有作为理念的一面和作为实际情况的一面。其中作为理念的家长主义在重新搭建教育系统的同时，也试图最大限度地保障家长们的选择自由。将这一理念奉为圭臬，断然实行教育系统的结构调整就是新自由主义的教育政策。

原本英国的布朗提出家长主义这个词语是在1990年。几乎同一时期（1991—1993 年），我正好在英国从事驻外研究，切身观察到在撒切尔首相的方针下于 1988 年颁布《教育改革法》后英国的教育界发生的翻天覆地的变化。布朗一定是目睹了这一状况后，才想到了家长主义这个表述吧。或许，他已经预感到一个时代即将到来，那就是父母的自由选择将成为教育系统核心的时代。

在日本，新自由主义的观点进入教育界的时点比英国稍晚一些。最具有划时代意义的举措就是 2000 年东京品川区引入的择校制度。拙作专门探讨过包含这一点在内的日本进行新自由主义教育改革的过程（志水，2021 年，尤其是第二章），有兴趣的读者可阅读。但不论怎么说，虽然与英国相比，日本发生的是极其微小的变革，但日本教育界的新自由主义色彩也愈发强烈起来了。除了导入择校制度，还有其他具有代表性的举措，如任用民间人士做校长，导入"全国学测"[1]，创建中等教育学校（1999 年创建）和义务教育学校等新形式的学校，设置学校运营协会的同时促进社区学校的法制化等。

而这些措施之所以能被采用，毫无疑问是基于拼家长的实际情况越发严峻这一背景。教育的最大责任是发挥不同个体多样化个性这一点是人们的常识，但想主动选择教育的"热衷教育的阶层"在不断增多，认为只有竞争才能提高教育质量的观点也在不断扩散，如果没有这些基础，新自由主义绝对无法成立。也正因为这些基础，日本教育界在 2000 年之后才会急速地转向新自由主义。而且，这些教育政策又连带着增强了人们

---

[1] 全称是"全国学习能力、学习状况调查"，一般称为"全国学测"。

对教育所寄予的"期待"。

总结起来，作为理念的家长主义带来了新自由主义政策的蓬勃发展，而政策的展开进一步强化了作为实际情况的拼家长现象，如此带来了一个无限循环的结构，或者说强化了二者相互依存的关系。在我看来，这种相互依存的关系可以说已经进入到"共生"这样一种病态的阶段了。

如"父母盲盒"这个词所形容的，孩子的命运在出生于哪个家庭之时就被决定好了。面对家长主义这一现实，被称为新自由主义的教育政策所起到的作用只是"火上浇油"。在新自由主义政策之下，个人、学校、地域都在相互竞争，都被清楚地分为"胜者"和"败者"，最后产生的一切后果却很容易变成要自我负责来收场。包括我在内的很多人都倾向于认为，教育原本就包含无法指标化的内容、短期内无法见效的内容，以及难以用优劣这种评价体系进行的内容，而且这些才是更重要的。

5. 本书的结构

本书将从四个不同的视点解读现代日本社会中家长主义的实际情况。这四点分别是"孩子"(第二章)、"家长"(第三章)、"学校和教师"(第四章)、"教育行政"(第五章)。我会尝试在每一章中尽量具体描绘出契合本章节主题的拼家长的现状。不同的场景里到底发生了什么?当事人感受到了什么,想了些什么,又做了些什么呢?我将通过这四章内容立体地呈现出家长主义的真相。

在最后的第六章里,基于第二至第五章这四个章节愈发明晰的现实,我将从自身观点来论述如何评价家长主义。各位读者也可以从自己的立场(作为市民,作为社会人士,作为学生,作为父母)出发,在聆听我的观点后根据各自的情况来思考如何面对家长主义和"父母格差"。

第二章 被逼入绝境的孩子们

1. 一位初中女生的独白

　　<u>什么课都很好玩。</u>虽然我也没怎么上课,但觉得很好玩。<u>尤其是我把问题解答出来的时候,是最有意思的。</u>(略)那么多老师,当然有我不喜欢的人,但歧视学生的老师,搞特殊对待的老师太多了。他们对那些不良少年、男生从不加以提醒,却莫名其妙地对那些听话的学生一副高高在上的态度。看到这些我当然很生气,不过有些老师没这些行为我也对他们一肚子气(略)。

　　逃课的时候我都待在家里。在家里睡觉,嗯,或者无所事事地打发时间,就这两种吧。也会一个人在公园里看天,出神地想点什么事情。<u>因为一直在家里也很没意思。</u>(略)

　　我现在有好多搞不懂的东西。英语啊数学啊,可能大家都一样吧。嗯,也就语文还能勉强跟上。听不懂课就会变得讨厌这门课,只要有一道题答不出来,后面的问题也都不想做了。(略)一旦没了学习的动力,就真的什么也听不懂了。会的题目也不想做,一旦有了不想学的念头,就真的不想学了。再说学习之外还有很多快乐的事。老师在上面讲课,我和其他同学在下面聊得起劲了,根本停不下来。果然,聊天比学习要开心多了。

(略)

我没上补习班,因为入补习班的考试没及格。那是小学五年级的时候吧,之后就很讨厌补习班了。我觉得吧,考试都没通过,自己像个白痴一样,之后也没什么动力去了。补习班本身挺好的,但我坚持不下去。我做什么都坚持不长久。

我觉得什么事情都不好玩,<u>只有来学校这件事还是很开心的</u>。(略)就算有时早上起来觉得懒洋洋的,可一旦来了学校,就变得不想回家了。我觉得大家都这么想的吧。比如放假的时候我们一起玩,如果有人说"好想明天就回学校啊",其他人就会说"是啊,我也想"。你们肯定会说,学生们是这么想的吗?大家不都说"很讨厌上学"吗?是,大家一般是说"讨厌上学""学校很无聊"之类的,但真实的想法是,(略)<u>大家都很留恋学校</u>。因为一群同学聚在一起的时候,我们会说"初中真是最讨厌的地方",或者"哎,真想快点长大",但两个人小范围聚在一起的时候,我们就会说"初中真是读书时代最快乐的时光啊"。我们会故意说些坏话,但坦白讲,"学校真好"这样的话我们也都会说,还经常说"想早点回到学校"之类的。

(志水、德田编,1991年,第135—138页。下划线是作者标注)

站在孩子的视角

这一段很长的引用来自一位初中女生的话，时间大概是1980年代后半段，地点是关西某公立初中的学生交谈室。我当时还年轻，恰好在那所学校进行一项调查工作。这名女生上课迟到了，我这个身为大学助教的外人恰好在交谈室照看了她一小会儿。我记得她当时读初二，时间是6月。

她一开始说"什么课都很好玩"，还说了一句话，"把问题解答出来的时候，是最有意思的"。她觉得一个人在家学习很无聊，但在学校里和朋友们一起学习还算快乐。她倒没觉得学习这件事本身有多辛苦，只是很不喜欢被迫一个人写作业，或者被严厉禁止闲聊的课。

后半段她说了"来学校这件事还是很开心的"这种话。而且，不仅她这么想，她那些有偏执倾向的朋友，还有已经从初中毕业的学姐学长们，实际上也都很喜欢学校，因为"大家都很留恋学校"。

上文这段引用几乎没有提及她自己的家庭情况，不过，她也说了"一直在家里也很没意思"，我觉得这一句就暗含了所有信息。我不时听学校老师说起，"她家里的情况很复杂"。

但无论如何，她的成绩在刚入学时还算不错，后来一点点下滑了。而与此同时，她也渐渐做出了一些"抵触学习"的行为，一直到初三那年几乎再也不来学校上课，最后连毕业典礼也没来参加。我在一个比较完整的时间段听到她的表述恰好就是这段时期。只是从结果来看，她觉得"课很好玩"的这种感受没能在初中校园里得到释放的空间。

本章的主题是从孩子的视角来观察家长主义。

如我在第一章所提及，在现代日本社会，孩子们出生长大的家庭环境在财富方面的贫富差距越来越大，甚至可以说已经呈现出两极分化的现象。家庭条件的不同不仅对孩子们的成长产生了极大的影响，也进一步带来了社会整体的贫富差距和不平等现象的扩大再生产。

我在本章试图通过孩子们的描述刻画出两极分化的家庭环境里的"两个极端"。在经济和文化两方面被眷顾的孩子们一定会在家长主义愈加强势的加持下，在家庭、社区、学校等各个场所积累各自的丰富经验。针对这一点，本章将在后半段加入我所在的大阪大学的学生案例进行探讨。

另一方面，那些在社会经济方面陷入困境的孩子也只能不断经历与前者形成鲜明对照的生活体验。前文记述的初中女生（如今她可能已年过四十了）的案例正是我介绍这一群体的引子。在此基础上，我将在下一节聚焦于生活在困难家庭环境里的孩子和年轻人。

2. 追不上家长主义的孩子和年轻人

孩子们的"辛苦"现状

在这一节,我将从以下两本书拾取孩子们的部分心声。

一本是志田未来写的《生活在社会边缘的孩子们》(2021年),另一本书是知念涉写的《"坏孩子"的民族志》(2018年)。这两位作者都是我研究室的毕业生,也是年轻有为的教育社会学者。他们和出身于"条件困难"家庭的孩子建立起了牢固的信任关系,也发表了有分量的学术著作。

我先引用志田书里的内容。志田本人来自单亲家庭,因此他关注的也是在"非标准家庭"里出生长大的初中生,尤其是单亲家庭的情况。这里说的"非标准家庭"指不同于常见结构的家庭,即不是"基于一对男女组成夫妻后和孩子一起组成的彼此充满了爱"的家庭(志田,2021年,第10页)。

我接下来引用的便是来自一个非标准家庭的、名叫千裕的学生与志田之间的对话(※指发言者志田,下划线是我标注的)。

千裕：（姐妹里）我是最年长的，所以你问（爸爸）有没有对我很凶的时候？他会让我在厕所里跪一个小时哦。

※：不会吧？

千裕：会的。跪得我腿都伸不直了。（笑）这种事情多了去。老二是个很会识眼色的人，只有她一个人独善其身。最小的老三力气还小，惹爸爸生气的时候她也会被责怪，还会被逼到放洗衣机的角落里（略）。

（略）

※：之后有没有变化呢？比如父亲走了之后，在生活上……

千裕：变成以我自己为中心了啊（笑）。变化还是有的，只是也说不上有多大。<u>但，感觉幸福多了</u>。

※：以前和现在相比，哪个更好呢？

千裕：怎么看都觉得现在的自己生活得更好，因为可以只考虑自己了。真的是不需要那家伙。太讨厌他了。（父亲）<u>不在身边，我格外安心</u>。

千裕是三姐妹中的长女，从小饱受父亲的家庭暴力，父亲离家出走后她才能说出"感觉很幸福"这种话，甚至说"父亲不在身边，我格外安心"。

她说自己在家里要负责做饭、打扫卫生、洗衣服等家务。围绕着这一点，他们展开了以下对话。

※：全部都是自己做吗？

千裕：算是大家均摊。

※：妹妹也做家务?

千裕：是啊是啊。最小的（小学三年级）也要打扫浴室之类的。

※：哎?成了大家的生活习惯吗?

千裕：是的。是这样，毕竟妈妈离婚了嘛，（我觉得）全都她做的话也太辛苦了。

※：会（和住在一起的家长）说学校里发生的事情吗?

千裕：说的，聊的基本都是学校里的事情。

※：考试成绩也拿给妈妈看?

千裕：是的，前段时间刚刚拿给她看，说我怎么被扣了一分。

※：没考好的时候，会不会说你"这样不行啊"之类的话?（略）

千裕：嗯，岚不是在做全国巡回演唱会嘛，所以妈妈就说，要是下次我的成绩下滑，不如上次的全班第 22 名的话（略），就不要妄想还去岚在其他县的演唱会的事了。

※：哎……

千裕：太糟糕了。我现在还不知道要怎么办才好呢。

（略）

※：平时去哪里玩的时候，会和妈妈说吗?比如告诉她"我今天去哪里哪里"。

千裕：要说的。我要是告诉她"我出去玩"，她会问"和谁一起?"，我就说"和谁谁一起"这样。反正就是很典型的家长啦，操不完的心，好像我说了几点回家她才放心一样。

千裕的家庭里，几个女儿分工合作来帮母亲分担家务。不仅如此，从上文引用的后半段可以看出，千裕和母亲之间并不缺少交流。这里能窥探到母亲与女儿们共同组成的"互爱互助的家庭"模样。

我这里再引用一个男学生的案例，是诚治与志田之间的对话。

诚治：说起来啊，老爸和老妈之间的吵架以前从没消停过。

※：真的啊？

诚治：墙壁都打出一个窝，就是我家卫生间外面的墙，有一个窝哦，估计是老爸干的吧。有这么大（用手指比划了一个约直径15厘米的圈），是很厚的那种墙啊，这样的水泥墙壁，生生打出来一个窝。真的是太过分了。反正我记忆里，他们吵架都伴随着流血，相互殴打那种。

※：母亲也动手？

诚治：动手的。和父亲打。（略）我三四岁的时候就来了这边。

※：哎？他们分开了？

诚治：是啊。妈妈有天突然对我说"我们去旅行吧"，其实她是有预谋的（略）。因为是我很小时候的事情，我那时候一出门就想打游戏机，所以出门后我说"游戏机忘拿了"，妈妈却说，"算了，游戏机那种东西我后面再给你买，快走吧"。我还纳闷这是怎么回事呢，妈妈说我们要去另一个家。她一下子就着急了。我跟着她坐了新干线，又坐了大巴，还搞不清楚状况的时候就到了一个房子里，在那里住了差不多两个月吧，又搬了家，搬到了现在这个地方。

※：是这样啊。你到现在也没有问他们分开的原因吗？

诚治：搞不清楚。

诚治的父亲也是会使用家庭暴力的男性。于是某一天，母子二人密谋"逃亡"，后来在完全陌生的城市开始了新生活。岁月流逝，诚治也算顺利地读完了高中，我和他一起回忆了当年的往事。

※：读高中的时候，会不会被（住在一起的家长）说教要去读书？

诚治：不会，反而有种"你自己打算怎么办"的感觉，"读？还是不读？"这种。（略）我自己想着怎么都要继续读吧，因为"初中学历的话，肯定找不到工作"。（略）但怎么说呢，我的分数吧（略），在妈妈眼里不太有希望考上高中，她会说"你继续这样肯定考不上学"。就算我说我会考上，我会努力，会好好学习，她也只是说"那你做给我看"。考试的时候，我心里一直在想："明明都是复习过的啊，怎么就是答不出来呢！"最后还是变成了必须要去上补习班。但我真的很讨厌补习班,去了也不学习,只是干等到下课回家而已。好在最后考上了高中。

母亲如今有了新"男朋友"。

※:可以聊聊母亲的男朋友吗?
(略)
诚治:那个男朋友啊,和我们认识有三四年了吧,差不多有这么久了。不过说起来,真的就是个普普通通的男人。(略)但我做了不合适的事的话,他会严肃地教育我。他和妈妈聊天很快乐。感觉他给我们提供了解决问题的钥匙。

诚治其实在这里表达了对母亲的新任"男朋友",即承担了"父亲职责"的这个人的感谢之意。诚治的情况只是其中一个案例,志田的著作里记述了很多生活在非标准家庭的学生,无论他们是否与亲人住在一起,都在与身边亲近的人的交往中较顺利地展开了自己的生活。

据志田描述,千裕后来和他断了联系,也就不清楚她如今状况如何。而诚治从高中毕业后,本打算从事与工业相关的工作,但随着想成为厨师的念头越来越强烈,他去考了厨师专科学校,据说后来在京都一家知名割烹料理店任职。不过几年后放弃了,现在在四国做着和汽车相关的工作[1]。

---

[1] 2022年2月13日志田与作者的私人交谈。——原注

接下来我将从知念的著作里摘取一些年轻人的观点。他选择的调查对象是一所府立高中的学生，这里集中了全大阪社会经济方面最困难阶层的孩子们。知念在这里与那些所谓"不良少年"的男学生建立了信任关系。下文出现的广树和浩司就是其中两位（※指发言者知念，下划线是我标注的）。

广树：我每天一大清早就出去工作了，傍晚回家，这样挺好的。

※：一大清早是指早上7点吗？

广树：是的，这样的话，一家人能一起吃早餐。如果早上不能一起吃，那就晚上一起吃。星期天就是休息日。星期天休假能陪孩子一起玩。我觉得这样很好。

※：是想给孩子一个自己从小成长的那种家庭环境吗？

浩司：我不觉得和我的成长环境完全一样就是好事。

※：你想创造什么样的家庭环境呢？

浩司：笑声不断的环境吧。不管发生什么事都能创造快乐。

※：因为有孩子了吧？

浩司：父亲这种角色虽然看起来可怕，但我觉得有温柔的一面会更好。

※：可怕但是温柔？

浩司：生气的时候还是要生气，比如告诉孩子这样做不行。但陪孩子出去玩也很重要，要为了孩子挤出时间，这就很好。我表哥就是这样的父亲，表哥原先的家庭也是这样的，我真的超级羡慕。

浩司：我觉得您和广树聊一聊也不错，广树说话很幽默。那家伙的家庭环境比我糟糕。比如他会半夜回到家时发现大门锁了，就在门口睡着了，我以为（他母亲）发现是广树后会开门让他进去，结果只是在他身上盖了个毛毯。我好歹还能回到家里。那家伙的家庭真的是让人不知说什么好。

广树和浩司聊起的都是对"普通家庭生活"的向往。"一家人一起吃饭""星期天是休息日"（广树），"笑声不断""要为了孩子挤出时间"（浩司）等。下一节开始出现的采访对象是在另一种类型的家庭里长大的人，他们所拥有的"普通"对广树和浩司来说已然是"理想模样"。

接下来的引用记录了广树、浩司和知念三个人闲聊的片段。

※：广树的家庭情况好像很复杂啊。

广树：也没那么夸张。要是去儿童咨询所或者福利机构看一看就会发现，<u>没有父母</u>，甚至连一个亲人都没有的孩子多的是。和他们比起来，我觉得自己还算好的。我也从没觉得自己吃过苦头。

浩司：我的情况也还好。电视上不是会看到新闻说<u>非洲的孩子</u>都没东西吃嘛，有的孩子还是残疾，没双脚。和这些孩子比起来，虽说我也有吃不上饭的时候，但只要不挑还是能捡到吃的，再说我的双脚还好好的。

※：话虽如此，难捱的时候肯定还是很难捱吧？

浩司：是很不容易，但没有对比就没有伤害啊，我们这种人，（因为生活艰难）陷入抑郁的有很多，但我会向前看。即便是当下生活艰辛的人，以后也有可能变得幸福。而且，正因为我自己经历过艰难的日子，更能共情有过相同境遇的人。那些有钱人真的太讨厌了。

广树：我倒是很喜欢有钱人。

浩司：你那是想吸引有钱人给你投资。（浩司、广树、知念三个人都笑了）

广树说，和那些"没有父母"的人相比，自己的境遇完全不算辛苦。而浩司也告诉我，对比起"非洲的孩子"，他不仅有饭吃，还手脚健全，生存没问题。面对浩司所说"那些有钱人真的太讨厌了"，广树用一句"我倒是很喜欢有钱人"糊弄过去了。然后我们三个人对"想吸引有钱人给你投资"这句玩笑大笑起来。无论聊什么都能变成笑话，这正是大阪人的性格。[1]

据知念说，广树刚入小学时还与母亲住在一起，但母亲再婚后他就住进了儿童福利机构，一直住到小学高年级。后来母亲又离婚了，他便和同母异父的妹妹住在了一个屋檐下。初中后他就不怎么回家了，也不去上学，这种日子持续了很长一段时间。升入高中后，他一直在朋友们的家里借宿，后来在老师

---

[1] 作者知念来自冲绳。——原注

和未成年人保护观察员的帮助下开始了独居生活。留了一级后，勉强从高中毕业（知念2018年，第151页）。毕业后，他作为派遣工在工地干活，同时和初中的一个朋友组了乐队，积极投入各种和音乐相关的活动，梦想着作为音乐人出道（志田，同上，第201页）。

浩司读小学一年级那年，母亲离家出走，他和父亲还有哥哥三个人生活在一起，但几年后父亲过世了。那之后他又和母亲一起住了段日子，可母亲得了精神方面的疾病，没办法外出工作，于是家里开始领取低保。读小学和初中的时候，浩司有段时间几乎不去学校，好在后来还是考上了高中。只是，母亲的病情不断加重，家里的生活状况也越来越艰难，浩司因为出勤不够而没能顺利升学，最终被迫从高中退学（志田，同上，第152页）。

浩司和广树一样找了工地的活，晚上在居酒屋做另一份工作。他梦想着以后能经营一家自己的居酒屋。不过那之后没多久，听说浩司开始从事"街头拉客"[1]的业务，后来再也没有人能联系上他了（志田，同上，第185—186页）。

各位读者感想如何呢？我在这里仅仅引用了四个人的故事，可这样的学生在大阪的公立初中和高中校园里比比皆是。他们正是在所谓"复杂的家庭"里长大的孩子。除了极少数个例，他们几乎无法拥有接受高等教育的机会。大学本来就是在他们的视野之外遥不可及也不切实际的梦想。家长主义愈演愈烈的势头，的的确确存在于他们所生活的世界外围。

1　日语原文是"キャッチ"，指街头有人追着过往行人介绍去夜总会、风俗店、餐厅等地方，是被法律禁止的行为。

3. 乘着家长主义的上升气流

大阪大学学生的案例

上文提到的孩子和年轻人的案例是生活在贫富两极分化的日本社会里的一个极端。本节中我们将转向另一个极端，收集生活在家长主义最前沿的年轻人的声音。

具体的采访对象是我所任职的大阪大学的学生。"学校社会学"是我在开的一门课，我让 2021 年选这门课的学生提交了一篇主题为"对我来说家长主义是什么"的论文[1]，并从中选出了一些比较有代表性的回答以供参考。

我先说一下大阪大学的升学难度。简而言之，这里算是继东京大学和京都大学之后"排名第三"难考的国立大学。2021 年的 18 岁人口数量是 115 万，而这三所大学的招生人数加起来才 9000 人左右，单纯从数字来看，同年龄段中大约每 130 人才有一个可以进入这三所大学。

我大概收到了 30 个人的论文，他们父母的学历几乎九成以上都是本科毕业（母亲这边包括短期大学学历），只有两个学生的父母是高中毕业。生活在单亲家庭的学生有 3 人，都是父母在他们童年时期离了婚，母亲带着孩子回到外公外婆身边生活。换句话说，上文出现的来自"困难家庭"的孩子在这里几乎没有出现。而且这些学生还说自己平时参加的课外学习，包括补习班在内，差不多每人都有 4 到 6 个之多。

下文引用了几位学生的文章，我分为顺利型、矛盾型、特殊情况（每一类都有 2 个案例）来进行描述。

① 顺利型（A 同学的案例）

> 我出生长大的北摄地区是大阪市的睡城，这里居住了相当多上班族，治安相对良好，也聚集了不少条件宽裕的家庭。因此，这里的平均学历也较高，我当地的朋友几乎都考上了大学。我爸爸是国立大学医学部毕业的，妈妈是专科学校毕业，现在是护士。
>
> 我从小就上游泳、算盘、钢琴、篮球等课程，除了篮球是自己选的，其余三个都是父母安排的。我后来问了他们才知道，其实他们考虑的是"先学着，说不定以后有用呢"。但也是因为这个原因，只要我说不想学了，他们就同意我放弃；我说想继续学，他们也会全力支持。我家的

---

1 关于论文的最终架构，我对学生规定了以下四个方面的内容：（1）家庭背景（在哪个地区出生长大，父母和祖父母的家庭背景、学历）；（2）家庭教育（从小接受的是怎样的育儿、教育环境，家里的教育原则，课外活动、补习班的情况）；（3）学校教育（小学初中高中经历了怎样的路径最后考上了大阪大学，高考时经历过的辛苦事或特别下功夫的事）；（4）家长主义（实际情况，你认为是否要重视家长的自由、选择权；如果要想改善这一课题，你有什么想法。论文的内容是在保证匿名性的基础上摘入在本书的，望读者周知。——原注

教育方针就是以这个为基准的，基本可以"根据我自己的想法来"。我几乎从来没有被强迫学习，连上补习班也都不是被强制的。倒不如说，从初中到高中，我记得都是我自己担心成绩不好主动说想上补习班。我还有一个哥哥和一个姐姐，他们都和我接受一样的家庭教育。虽然我们成长在放养的环境里，但三个人的成绩都还不错，全都考上了国立、公立大学。爸妈时不时会被亲戚和邻居问"怎么教育孩子的"这种问题，他们只能苦笑着说："我们也没做什么，真的不知道该怎么回答。"

我小学和初中都是在当地的公立学校读的，高中考上了大阪府内被认为很难考的公立学校。我在学习方面几乎没有什么被束缚的情况，所以成绩的进步一直都说得过去。爸妈对几个孩子的态度，可以说对我们很信任吧，觉得放手不管，我们也会好好学习，即便是快考试的时候我们出去玩，他们也从不多嘴。如今回想起来，那其实是学习中恰到好处的喘息，也是我们能坚持认真备考的重要因素。

② 顺利型（B 同学的案例）

我在大阪府北部的小地方出生长大。那是个自然资源丰富、社区里人与人的关系很亲近的地方，上下学的路上附近的人都会和我们打招呼说"路上小心呀""放学啦"。我父母上的都是当地中小学，后来又都考上了大阪府内数一数二的高中，爸爸从私立大学毕业后考上了公立大学的研究生，现在在他母校的研究生院教化学。妈妈后来考上了公立的教育大学，还拿到了可以在小学、初中、高中任教的教师资格证，她现在在一所小学做兼职老师。

因为父母都很喜欢听合唱团表演，我从小就被他们带着去听演奏会。此外，我们全家人每年都会一起去旅游或者爬山好几次。全家旅游的情况真的很多，多到可以做成历史资料馆的程度。我学钢琴有14年时间（3岁到5岁学体态律动，小学一年级到高二一直在钢琴教室学习），学舞蹈有9年时间（从5岁到初二），英语口语学了7年时间（从5岁到小学六年级），书法学了7年时间（小学一年级到初二），垒球也打了1年时间（小学五年级到六年级）。其中我主动说想学的只有舞蹈和垒球，其他都是父母帮我做决定让我去学的。他们对钢琴尤其上心，从小学二年级到五年级的4年时间里，他们经常让我去参加各种比赛。补习班的话，我是从初二的夏天开始上的，一开始是一周两次，初三变成了一周五六次的频率。而且，我上的那家补习班是比较出名的大品牌，不在家附近，开车大概二三十分钟，那时候都是妈妈接送。我印象中父母从来没有对我说过"要好好学习"这样的话，而且在我记事之前，家里的书架上就密密麻麻摆满了绘本和图册等，连卫生间的墙上都贴着日本地图。我觉得他们给我创造了一个很好的环境，能很自然地接触到、看到很多知识。

读小学和初中的时候，学校里一个年段大概只有40个学生，都是住在附近的孩子。我高中读的是父母的母校。爸妈对升学还是很关心的，加上我还有一个大3岁的哥哥，所以我在收集考试信息和研究升学对策方面几乎没有太大困扰。高考的时候我自己查的备考冲刺班的信息，校园开放日的时候也是自己去参观的，相对来说，我<u>算是独立思考后自己做的决定</u>。

A同学在论文里写"几乎从来没有被强迫学习"，B同学也说"我印象中父母从来没有对我说过'要好好学习'这样的话"。我觉得这一点在他们的表述中是最有代表性的一点。除此之外，我也收到了一些类似的回答，诸如"关于教育，关于我的未来，他们从来没有勉强我做什么""对我没有限制，我想参与的事情，我想学的东西，他们都会给我提供机会""他们不是命令我去学习，也不是只关注我的成绩，而是在学习方法和战略制定上给我提供更多指导"，等等。

A同学说他的父母"觉得放手不管，我们也会好好学习"，而B同学回忆起自己的高考时也说"算是独立思考后自己做的决定"。可以说，大阪大学的主流年轻人不仅生活在条件优越的家庭里，而且具备自我驱动持续学习的能力。

据B同学描述，她在童年时期一共学习了五种兴趣技能，累积起来一共进行了38年的课外学习。此外，她初中阶段还上了需要开车往返接送的补习班。包括补习班在内，她一共参与了6种不同的课外学习，而像她这样的学生并不少见。例如以下几种模式的组合：

  X同学：英语口语、练字、电子琴、画画、空手道、

补习班

Y同学：游泳、体操、算盘、钢琴、书法、补习班

Z同学：英语、游泳、钢琴、芭蕾、Kumon[1]、补习班

还有一位学生写了这样的话："妈妈会很细致地观察我的兴趣爱好，让我在小学毕业前学习了英语口语、练字、电子琴、画画、空手道等，全面培养了我的实用技能和艺术审美。"

回忆我小时候，大概只有小学高年级时学的算盘勉强算是课外学习，补习班和备考冲刺班之类的从来没有上过。当然现在时代不一样了，和那个年代相比，现在大阪大学的学生们一罗列出自己从前上的学习班，可以说每个人都度过了无比忙碌的童年。上文举例提到的学生们都是顺利适应了这种状况的孩子，比例上来看也占了绝大多数。然而不难想到，大阪大学的学生当中肯定也有人对这样的童年有着强烈的不满和不安情绪。他们这种情况可以称之为有矛盾的类型，我想从中举出2个例子。

③ 矛盾型（C同学的案例）

我出生在大阪，一直在那里生活到5岁。5岁到10岁

---

1 Kumon是全球较大的一家辅助教育机构，指"公文式教育"，由教师出身的日本人公文公创立于1958年，最初是为了帮助自己儿子提高成绩而设计了一套学习材料，后来用同样的方法帮助其他孩子提升了成绩，于是他在大阪创立了公司，以"自学到高中的学习材料"为目标，通过让每一个孩子自学适合自己能力的内容来提高学业成绩。

的时候住在千叶县，之后在东京的某区一直住到18岁。父母都是大学毕业，而且是很有实力的大学。

从小，只要我做到了教育方针规定的最低限度，父母就会让我尽情去做我喜欢的事情。但是，我从幼儿园开始就被妈妈强制完成每天的学习任务（为了应对小学升学考试），没完成就不让我玩。感觉妈妈当时一门心思让我考当时家附近一所国立大学的附属小学。我推测其中有堂兄参加了那所学校的招生考试还顺利考上的原因。我自己没什么动力，都是勉勉强强在备考。后来因为我们全家搬到了关东，这件事也就不了了之了。课外学习班也都是自己说想学他们才让我去的，但英语口语班是妈妈让我去的，游泳教室是爸爸让我去的。后来上了小学，他们又强迫我上升学研讨班的线上课，一直上到了小学三年级结束。

在东京读小学的几年里，我发现不上补习班的孩子反倒会成为另类。小学六年级的时候，班上八成学生都要参加自主招生考试。我也受到这种风气的影响，主动和父母说想上补习班，因为不想随随便便去读当地初中，想自己考上更好的学校。虽然有思想压力，但毕竟不是被父母逼迫的，心态还算放松，加上我学习不算很费劲，备考的过程也没觉得很辛苦。最后考上了一所初高中直升校的学校，也非常顺利地考上了大学。

回顾学生时代，我觉得所谓家长主义，其实父母单方面虚荣心作祟的成分更大。他们希望在教育上投入更多精力和金钱，让孩子考上更有名的学校，从而利用孩子进一步稳固自己所拥有的一切。这个过程中可能没办法尊重孩子自身的意愿，但一切都可以美其名曰是为了家长和孩子的未来。只是，我自己是这么长大的，就并不执着于以后也这样对待我的孩子。其实我只是运气好考上了理想的学校而已，入校后我和其他同学之间的差距很快就显现了出来。升学率高的学校里排名靠前和靠后的学生之间的能力差距特别大，这个现象很普遍。

④ 矛盾型（D 同学的案例）

爸爸是一家知名企业的员工。我在大阪的市中心长大，高中和大学都毕业于成绩相对好的学校。我妈妈在乡下长大，为了考取教师资格证考上了大阪的短期大学。之后她顺利成了一名小学老师。我爷爷也上过大学，而且爷爷的兄弟也都读过东京有名的私立大学。

我家里人可以说对教育相当上心。妈妈觉得学校的名气有很大的价值，为了让我考上当地很有名的一所公立高中，小学四年级的时候就让我去上了补习班。但为了考上那所学校，即便在补习班里，妈妈也总让我在实力最强的班里学习。我理解父母的想法，他们觉得成绩好才能考上好大学，以后才不会过得艰难，但考上有名的高中和大学似乎成了目的本身，<u>至于之后如何才能很好地生活，坦白说，我到现在都没有想明白</u>。而且，每次成绩考得不好妈妈都会很生气，我不得不拼尽全力学习，可大多数时候她只会表扬我的朋友们，很少表扬我，以至于我心里一直很担心,<u>要是考不上好高中和大学,我会不会被赶出家门</u>。不只是我这样想,姐姐妹妹都和我有一样的心情,这间接让我们姐妹更团结了,常常在一起相互帮助(笑)。

进入高中后,班里有实力的同学有很多,我的成绩没能如愿进步,这让我渐渐失去了学习的动力。结果高三那年,我觉得自己的能力没办法好好高考。但我又明白,要是考不上有名的大学,那我考上这所高中的努力就白费了,而且,考不上好大学,我以后也很难找工作,于是我选择复读一年。复读的时候,我的成绩提高不少,总算考上了大阪大学。

关于备考,我觉得创造一个适合的环境非常必要。我住的地方有太多成绩好的学生了,我上的补习班也是实力最强的班级,无论校内还是校外,和我有着同级别目标的同学非常多,这种环境很重要。所以我后知后觉考上大阪大学与其说是自己努力的结果,不如说是离不开父母的经济投入和我拥有的教育资源。

我们先来看C同学的案例。他在第二段提到,"被强迫学习"的是电子琴,还有"升小学考试对策""英语口语""游泳班""线上课程",他说"我自己没什么动力,都是勉勉强强在备考"。他在东京就读的小学里,有八成的学生都会参加小升初的自主招生考试,他自己也在这种影响下考上了初高中直升的私立学校,后来又成了大阪大学的学生。因为童年时期经历过不容商量的"被强迫"的体验,他才能说出"所谓家长主义,其实父母单方面虚荣心作祟的成分更大"这样的话。他甚至还说了他们不过是"利用孩子进一步稳固自己所拥有的一切"这么犀利的话语,批判了当下现状。

与此相对,D同学的案例里,她说自己必须考上好高中和好大学来回应父母的期待,但对此有着非常强烈的不安,她甚至担心如果考不上"会不会被赶出家门"。而这种巨大的压力在她的姐妹身上也有着强烈共鸣。她坦诚地说,考上有名的高中和大学成了唯一目的,"至于之后如何才能很好地生活,坦白说,我到现在都没有想明白"。其他学生也写过类似的话,"我应该上什么学校,考什么大学,人生规划是怎样的,全都由父母决定好了应有的形式,这一切似乎都很理所当然"。父母一厢情愿的强烈期望,有时并没有被孩子们好心接受。可以说这也是家长主义的一部分阴影。

围绕本节主题,我想在下文引用两个不太符合典型模式的案例。一个是来自单亲家庭的学生,一个是身体有残疾的学生。

⑤ 特殊案例(E学生的案例)

我在四国的乡下长大,而且是单亲家庭,和母亲相依为命。从经济上来说,我家绝不算宽裕,但外公外婆和妈妈都各自有收入,爸爸也给抚养费,生活上不至于陷入窘境。上大学前我也没想过要去打工,读小学和初中的时候也从来没去过补习班,但高中阶段,家里人每年给我10万日元专门用于上学的定期交通费和补习班的学费。

我家除了绘本,几乎没有其他书籍,也没有任何钢琴这样的乐器，成长环境完全算不上优越。我印象中，因为家里连游戏和漫画书都没有，我很不好意思邀请朋友来家里玩。美术馆啦、博物馆之类的从来没机会接触，图书馆倒是经常被家里人带着去。此外，全家人大概会一年一次外出旅行。生活方面，每天早上都有人做早餐，晚餐也是全家人一起吃，已经成了习惯，家人之间的聊天交流也很多，如今回想起来家庭氛围很好。

我觉得家里人对我的教育期待不算特别强烈。外婆是初中学历，外公是高中学历，妈妈毕业于当地一所私立大学。加上我们当地的环境，大家不觉得上大学是理所应当的事情。实际上我直到进入高中前，都没有一定要上大学的念头。当然，家人即便心里想着"还是希望你能去读大学"，他们嘴上也从来没有这样对我说过，也没有为此帮我做过任何积极的抉择（比如去上补习班，去参加初中自主招生考试等）。其实在家里他们也几乎没有对我说过"好好学习"这样的话，即便考试考得不好，也没有对我发过火。

因为我长大的地方是乡下，周围几乎没有去参加小学和初中自主招生考试的朋友，大家都顺其自然地直接入读当地初中。我不讨厌学习，甚至可以说还挺擅长，所以很顺利地考上了我们县厅所在地[1]一所升学率高的高中，但我的初中同学没有一个人和我考上同一所学校。进入高中后我很快发现身边同学的英文成绩都特别好，加上和老师

---

[1] 相当于中国的省会。

的第一次沟通中被问到我将来的志愿学校,我强烈感受到了自己和别人的差距,那感觉至今难忘。受到周围的影响,我高一就进入了紧张的学习状态,最后才考上大阪大学。<u>我觉得自己成绩能提高的主要原因在于父母对我的学习没有期待,放手不管,我反而没有对学习产生抵触情绪,加上我家虽然是单亲家庭但家庭氛围特别和谐,而且家人给我承担了备考时的交通费和上补习班的费用。</u>

E同学成长于父母一方缺席的家庭,这一点和之前第一节、第二节提及的年轻人有着相同之处。但不同的是,E的家庭虽然是随母亲的单亲家庭,但身边(主要是外公外婆)有支援,不至于继续拉开差距,所以他自己也说"家庭氛围很好"。只不过他的另外一些话,比如"从经济上来说,我家绝不算宽裕""家里人每年给我 10 万日元专门用于上学的定期交通费和补习班的学费"之类,我没有在其他同学的文章里见过,这也侧面反映了他家里的经济状况。

接下来要介绍的F同学有听觉障碍,她在大学学习的时候需要接受辅助笔记的援助。她父母都是大阪人,父亲是本科学历,母亲是高中学历(大学退学)。家里除了她之外,没有其他至亲和亲戚患有相同的身体疾病。

⑥ 特殊案例(F同学的案例)

我们家的教育原则<u>基本上是让我做一切我想做的事</u>。我想读的书,不管是什么书,父母都会给我买,以前带字幕功能的电视机和电脑还比较罕见的时候，他们也给我买了（我都是靠字幕看《面包超人》和《与妈妈在一起》）。而且从童年开始，父母就为我提供了接触山川河海等大自然，以及去博物馆和科学馆的机会，也会带我体验手工之类的，总之给我创造了各种各样的条件。我觉得这和我本身有听觉障碍有很大关联。因为自己听不到，自然少了很多像正常孩子一样获取信息的渠道，他们明白这一点，于是有意识地让我有丰富的经历。妈妈到现在还会说起，"只要是能让你获得体验的事情，我们从不吝啬花钱"。

关于我的课外学习，小学一年级到四年级学了写字，四年级到五年级去了画画教室，五年级到六年级学了游泳，小学五年级一直到复读那年都在上私教补习班（去的一直是同一个地方），初二到初三参加了备战中考的集中补习班，大概就是这些。在私教补习班的时候，当时的校长和老师们会尝试各种和我交流的方法，有时还会给我安排会手语的老师，大家都对我特别好。当然，费用也十分昂贵，父母好像也时常犹豫要不要这样持续下去，但最终他们还是十分珍惜这处校外场所，因为这里所有人都能和失聪的我坦诚相待，我就一直读了下去。

关于我读书的学校，我从学前到初中都读的是特殊学校。初中毕业后，我考上了大阪府立的一所升学率高的高中，复读一年后考上了大阪大学。

中考前，我上的补习班都是以自己学习为主，加上大家对残疾的我很照顾，我几乎不怎么辛苦地就提高了成绩，还考上了比预期更好的高中，成绩也名列前茅。但进入高中后，我和大家一样被一视同仁，得到的只是普通照顾，只能依靠极个别老师的"热心"给我提供一些帮助。所谓普通照顾指的是"保证我坐在最前排""提供一些能提供的特殊课程资料"这种程度而已，其余就看各学科老师们的精力，还有我自己提出来的需求了。也是因为这个原因，那些用心关注我的老师教的科目，我就学得很好，反过来对我不太关心的老师教的科目，我的成绩总是在及格线徘徊。<u>那几年时间里，我每天连老师和同学们在说什么都不知道，实在太痛苦了</u>，可以说是非常难捱的三年。高三下半学期我就没去学校了，后来连毕业这件事都放弃了，打算只拿高中肄业（最后的最后，在校长的安排下，我勉强算是毕业了）。如今回想起来，整个高中阶段，<u>父母和其他理解我的人都没办法直接提供帮助</u>，而与此同时，我自己也没有权利去要求满足自己期待的照顾，所以<u>那三年才像在虚空中飘浮着一样</u>。最终，我没能应届考上大学，复读一年才考上现在就读的本科。

对F同学来说最重要的是来自周围各方的援助。父母对她的态度是"基本上是让我做一切我想做的事情"，母亲至今都会说起"只要是能让你获得体验的事情，我们从不吝啬花钱"。上私教补习班的时候，她得到了很多关照，这对她来说有着非常重要的意义。但这背后离不开父母的支持，"他们还是十分珍惜这处校外场所，因为这里所有人都能和失聪的我坦诚相待，就让我一直读了下去"。

可与此相对，高中时代于她而言却像是"在虚空中飘浮着"的三年。换句话说，读高中的时候，"父母和其他理解我的人都没办法直接提供帮助"，她甚至一度想要放弃高中毕业。其实她考上的高中在大阪府内都算是升学率数一数二高的学校，即便学校"了解"她本人的身体残疾，也只能单方面依赖个别老师给到的细致关照和帮助。"每天连老师和同学们在说什么都不知道"的痛苦，仅仅是想象一下就相当难受。好在校长妥善处理了这件事，她总算走出了困境，复读了一年后，如今在大阪大学学习。

4. 如何看待家长主义

肯定派的观点

我这里举出的故事是所有学生当中的一小部分而已。无需赘言,每个学生都有各自的家庭背景,也都有各自的备考经历。

这一节我想探讨的问题是,让学生从当事者角度出发,基于各自的经验聊一聊如何看待"家长主义"。

首先来看一下持肯定态度的观点。

G同学对自己的经验做了如下评价。

我自身的家长主义体验可以这么来理解。我父亲在单亲家庭长大,但他在精英主义的影响下获取了稳定的经济实力,这也成了我的先天优势。然后奶奶和母亲又会强行帮我做重大抉择。如今回过头来看,对于读中小学时视野还很狭窄的我来说,监护人强行为我做判断或许很有必要。所以我觉得义务教育阶段还是要重视监护人的自由和选择,不能对此完全否定。

这位学生很清晰地看到，正是有了父亲获取的"稳定的经济实力"，以及奶奶和母亲"强行"做的"重大抉择"，才有了现在的自己。这一观点恰如其分地体现了家长主义的公式——"选择＝家庭的财富＋父母的期待"。虽然他用了"强行"这一相对负面的表达，但对此仍旧持积极态度，认为"监护人强行为我做判断"对于"读中小学时视野还很狭窄的我来说……很有必要"。

接下来是H同学的评价。

我读小学的时候，兴趣爱好和周围的小孩子完全不一样，也和他们聊不来，完全没办法在一起玩耍。但因为家庭条件还算殷实，我可以一头扎进校外活动里（主要是以读书和上补习班为主的学习活动），完全不需要在意我在学校里格格不入的处境，就这样顺利读完了小学。或许是父母发现了我的特性，他们推荐我去考的初高中直升校里都是和我差不多类型的孩子。我当然能理解父母安排我读更多元化的公立学校的意义，但我很清楚，<u>当孩子不适应学校环境的时候，能给孩子做出第二个甚至第三个备选方案的人，除了父母没有其他任何人</u>。因为学校里的老师们能对学生表示出理解的情况实在是少之又少。从这点来看，<u>我觉得监护人在为孩子选择学校和学习环境时的决断应该得到足够的重视</u>。

她本人也是不适应公立小学环境的学生，后来考上初高中直升的私立学校算是救了她。正是基于这一经历,她才有"监护人在为孩子选择学校和学习环境时的决断应该得到足够的重视"这样的想法。像她这样几乎无条件积极评价"父母选择"的学生虽然也有,但并不多。

肯定派的结尾部分,我想分享 I 同学的案例,因为这个故事给了我独特的启发。

撇开对父母的各种吐槽,我几乎是在完全偏离轨道的路上进入了大阪大学。不过,只要是我自己想学习,我就能拥有百分之一百二适合学习的环境。站在"孩子"的立场上,我觉得能拥有这样的条件<u>真的要心存感激</u>。但是,反过来站在"家长"的立场上来考虑,说心里话,我觉得父母肯定是想着要是孩子能考上好大学,一定程度上会有利于其他很多事,比如找工作等。我觉得吧,<u>家长主义是没办法改变的事</u>。只要没到很严重的程度就好,比如不要让孩子产生"被束缚被压抑"的感觉。完全放任不管不行,过度束缚也不行。<u>不要让孩子感觉到压抑,而是让他形成自觉自愿去参与各种事的意愿,可实际上一切又都在家长的控制中</u>,我觉得这样的教育方式对亲子来说算是最好的吧。虽说这一课题的解决还是离不开家长和孩子双方的努力,但我觉得家长有必要学习<u>一些技巧,学习如何让孩子快乐地去做家长希望他们做的事</u>。

这位同学对父母的教育表达了感激之情,说"心存感激",还说"家长主义是没办法改变的事"。在此基础上,他认为

"不要让孩子感觉到压抑",但"实际上一切又都在家长的控制中"这一点十分重要,进而指出"家长有必要学习一些技巧,学习如何让孩子快乐地去做家长希望他们做的事"。

犹豫派的观点

接下来我们来看一下我称之为"犹豫派"的学生们的观点。家长主义虽然有其合理的部分,但也有不少人认为其同时存在着很多问题。

首先登场的是 J 同学。

> 回顾我至今的人生,我觉得阻止家长主义真的太难了。为什么这么说呢?因为我读的幼儿园和小学都是父母选的,我觉得某种程度上,自己的基础知识和自己融入的环境都是被事先定好的。在这种氛围下,我上幼儿园的时候就有意识地下功夫学习了,而且小学阶段的补习班经验也让我产生了"学习是理所应当的事""目标就应该是满分"这样的想法。另外,身边的人对教育的态度也会极大地改变我们对教育的理解。不过,全世界各方面都流行追求所谓"自由"的环境里,父母的自由选择被看重也是自然而然的趋势,要想阻止这一趋势当然很难。父母在选择学校的时候,看重的只是学校本身的成绩。追溯原因的话,我觉得根源还是在于学历社会里学校教育等同于学业这一观点根深蒂固。基于这一想法,那些更为执着的家长就会选择大学升学率高的高中,反过来,对考大学或者学

习本身不太重视的家长,换句话说家庭条件一般的家长在选择学校的时候似乎对此就没有太强烈的意识。

这位 J 同学的观点可以说准确地概括了家长主义的问题。因为有父母创造的环境,他在孩童时期才会有"学习是理所当然的事"这种想法,只不过,他最终发现,父母重视的不过是"成绩"而已,进而他觉得父母的认知高低导致了孩子在学习态度上的区别。

接下来出场的 K 同学在家长主义的激战地东京出生长大,但他能十分冷静客观地分析自己的情况。

> 我自己就是受惠于家长主义的人,这样来看,我觉得家长主义的存在的确是事实,而且,从我自己在私立学校的观察来说,我很清楚自己在家长主义的浪潮中也只是处于低位而已。因为我切身感受到在这所私立学校就读的学生们父母的"财力"有多么雄厚。不仅如此,这些在私立学校读书的学生以后还会成为日本各领域的领导,对公立学校的状况一无所知的他们还将继续指挥着这个国家,家长主义也只会进一步加剧吧(现任首相岸田文雄也是从千代田区的名牌公立初中毕业后,进入了开成高中[1])。

因为深知"人外有人",他才坦言自己在竞争中"处于低位"。家长主义的背后是全社会无处不在的等级制度和各种差

---

[1] 开成初中及高中是位于东京西日暮里的初高中直升制私立男子学校,连续 39 年东京大学录取率居于日本首位。

距，只不过家长主义这一机制使得这一现象被进一步扩大再生产。即便我们都看得很清楚，却无处可逃，这就是无奈的现实。

持犹豫态度的这一组最后，我想介绍 L 同学的观点。

> 社会上有很多孩子从小就在父母的安排下去上补习班。只是为了考上好的幼儿园和好的小学，家长擅自规定了孩子的幸福是什么，而社会上却存在着一种风气，认为制定这样的人生轨道是对的。我的想法是，<u>当家长以为自己在给孩子创造更多的人生选项而实施各种行动后，也要想到这样做很可能缩小了孩子的选择范围</u>。为什么这样说呢？因为我自己就对所谓大企业完全没兴趣，可父母还有周围的人都希望我能进入大公司，这种期待给我很大压力，以至于<u>我就受困于所谓的高学历</u>。如果人生轨道设计得过于死板，一旦孩子想要轨道外的选项，那父母和孩子之间就会产生激烈矛盾，而父母坚信自己是为了孩子好，不能轻易放弃已经制订好的计划，于是也就失去了尊重孩子意愿的心态，这是影视作品里经常看到的故事情节。家长主义走得太过的话，<u>我觉得是会出现危险性的，因为父母会以为孩子好的名义来满足自己的欲望</u>。

她用到的"受困于所谓的高学历"这一表述让我印象深刻。因为她自己完全感觉不到大公司的魅力，却被父母和身边人期望着进入这样的地方工作，夹在中间相当难受。她还指出，家长主义潜藏着父母"以为孩子好的名义来满足自己的欲望"的"危险性"。

怀疑派的观点

最先介绍的是 M 同学的故事。她的观点可以说是否定家长主义的"怀疑派"的典型态度。

> 我老家有很多家长都很积极地跟风家长主义。升学补习班数量多,加上经营者都想得到热衷于孩子教育的家长们的支持,所以竞争越来越激烈。这种大环境下,我父母的心愿变成了<u>"希望孩子能考上从家里走读的公立大学"</u>,这给我和哥哥带来的压力着实不小。<u>如果家长在这方面的执着过于强烈,给孩子带来的负担和枷锁就更加沉重</u>,仅仅想象一下就觉得很残酷。我觉得家长主义衍生出贫富差距的问题确实是重要课题,而且还产生了另一个问题,就是家长过度掌控了和孩子升学相关的决定权。家长强行把所谓最好的人生施加给孩子,结果孩子变得像被操纵的木偶一样。<u>不堪忍受这种压力中途退学的孩子在身边并不少见</u>,我哥哥就是这样。或许让孩子以自己的权利和认知去做有关前途的选择很难,但至少大人们有必要放低姿态,去听一听孩子们的想法,不是只简单说一句"你应该如何如何做"。

M 同学长大的地方有很多家庭都在贯彻家长主义,因此很多孩子也背负着父母的殷切希望,希望他们能考上国立、公立大学。M同学说，"父母的执着"越强烈，孩子的"负担和枷锁就更加沉重"，她觉得这很"残酷"。她的哥哥就是其中"不堪忍受这种压力中途退学的孩子"。她之所以对家长主义产生怀疑，正是因为她觉得这股浪潮的影响波及了每一个孩子。我们很难否定她这种想法。

作为本节的总结，我想介绍N同学在我的课堂上发表的观点。

> 我以前一直觉得我至今成长的环境不算很优越。之所以这么说，是因为我身边的朋友们（尤其是高中和大学同学）都和我的家庭条件差不多，或者有比我家更好的社会经济资源。但进入大学后我才知道，即便很多家庭还不至于需要直接的援助，但对比存在儿童贫困问题的家庭和拥有出国选择的家庭，前者能分到教育的资源实在太贫瘠了。我这才意识到，所谓家长主义的问题，其实隐含着<u>"家庭环境的问题都被关在了家庭内部，在其中长大的孩子以为一切本就如此"</u>。家长主义的尽头是各种差距，但家长主义作为这一切的源头很难外显出来，<u>因为搭建社会基础的那些人所处的阶层大概率没有体验过拼家长的辛苦，所以这种状况只会以不被察觉的形式继续发展下去。</u>

"在其中长大的孩子以为一切本就如此"，这句话说得太精准了。大多数大阪大学学生身处的"富裕安稳的家庭环境"对本章前半部分出场的孩子们来说恍若另一个世界。反过来，成长于"困难家庭"的他们的经历对大部分大阪大学的学生来说也是自己从不了解的生活。正如 N 同学所说，这些"差距"正是家长主义的结果，但家长主义也成了一些新的社会现实的原因。"搭建社会基础的那些人所处的阶层大概率没有体验过拼家长的辛苦，所以这种状况只会以不被察觉的形式继续发展下去。"很多人都会对她的意见深有同感吧。

不是只有"被逼入绝境"的被动状态

我在本章用到了"乘着家长主义的上升气流"这个表达。上升气流指出于某种原因，空气向上升的气流。这里恰如其分地形容了那些在家长主义的作用下，被迫乘着这股气流不断向上升的孩子们。第三节和第四节登场的大阪大学的学生正是典型代表。他们当中有人后来顺顺利利地跻身上流阶层，也有人并未如愿。另一方面，有些孩子没有经历过被周围卷入"升温"的气流，也走入了社会。我在第一节和第二节介绍的几个孩子就是在这样的环境里成长的。他们在自己所处的在地世界（即当地）艰难地开拓出了自己的新生活。

这股"升温"的气流让很多孩子都把好成绩、高学历设定为目标，从教育社会学的角度来说是"加热"（warming up），反过来让这股热度降温就是"冷却"（cooling out）。之前的教育社会学一度占据主流的论调是，当所有人都很擅长给日本的孩子们"加热"时，学校的教育系统内部应该适当地让热度冷却下来。可如今，我觉得这一状况发生了翻天覆地的变化。简而言之，当家长主义一路高歌猛进的过程中，让热度上升的人（这其中有相当多的人在过度升温）和原本就没热起来的人

（因此也没有冷却的必要）呈现出的两极分化现象愈发明显。

我在标题中用到的"被逼入绝境的孩子们"一词是批评教育问题时常在媒体上看到的表达。基于本章展开的讨论，我想用两个点评作为本章收尾。

第一点是："谁把孩子们逼入了绝境？"

站在教育社会学的角度来看，把孩子逼入绝境的是学校教育系统和社会的方方面面，但把一个个具体的孩子逼入绝境的，却是孩子们各自所处的家庭环境。但凡家长们能耐心倾听孩子们的真实想法，结果就不至于那么严重。归根到底，在家长主义盛行的社会里，每个家庭都更有必要去审视各自的问题。

第二点是："真的把孩子们逼入绝境了吗？"

无需赘言，经历了残酷的备考竞争的孩子们都经历过身心被逼到极限的状态。但能说出自己亲身经历的孩子们（比如本章已经从初中毕业的孩子和年轻人）能冷静地看待现实，而且对此能尽可能主动做出回应。换言之，他们不仅仅是"被逼入绝境"的被动存在。如果说这是自然而然的结果，那我得出的结论也是顺其自然的。

第三章 深陷焦虑的家长

1. 分化的家长立场

越来越卷的群体和不参与内卷的群体

　　前一章节里，我先站在孩子的视角探讨了家长主义的实质。读者应该可以从中更加清晰窥探到所谓"被逼入绝境的孩子"这一群像的虚实两面。这一章节里，我试图从家长的视角来走近家长主义的现实。章标题"深陷焦虑的家长"正是当下家长的普遍写照。换句话说，对孩子的教育十分上心的家长，尤其是母亲们的焦虑，其实也加快了家长主义的进一步发展。

　　这一观点有其道理。很多人认为经济高速增长时期带来了地方社会的解体，以及教育质量的下滑，这一情况差不多50年前就开始了。而随着核心家庭[1]的发展，传统的育儿方式显然很难传承下去，因为母亲在遇到难题时无法立即找身边的人商量，这种情况越发普遍。进入新世纪后，一个显著特征是家庭结构的形式变得多样化，对家长和监护人来说，他们必须找到明确的教育原则，即自己想要什么，又该如何教育孩子。可现实是我们看到越来越多的家长束手无策。

　　不过，以为这一困境和由此产生的家长的不安在全社会蔓延的想法也是有失偏颇的。我在前一章节使用了加热和冷却的表达，如前所述，我们普遍认为以前的日本社会存在着一种绝妙机制，即整体都处于加热状态时，各个环节自有其冷却的好方法。但如今的社会正分化为主动内卷和完全不参与内卷的两个群体，这一倾向愈发明显。

我在前一本书（志水，2021年）里提出，基于家长对教育的不同态度，可以把当下的日本社会分成四类群体（志水，同上，29—32页）。这四个群体如下：

① 利用教育的人

② 选择教育的人

③ 接受教育的人

④ 无法接受教育的人

①指为了将自身（家族）的利益最大化，用各种策略灵活使用国内外教育体系的人。大家可以把这一群体想象为那些高学历、高收入的国际精英阶层。②指居住在大城市和准一线城市的人，他们可以为孩子选择自认为对孩子最合适的教育，即所谓"热衷于教育"的人，前一章节里大阪大学的学生家长大抵属于这一群体。③从数量上来看大概是四个群体中占据绝大多数的，即他们的孩子"正常"就读当地学校，只能参考学校和当地补习班老师的意见给孩子选择前途的人。而④这一群体是出于各种各样的原因和情况无法充分享受包括义务教育在内的学校教育系统资源的人。这些原因可能是贫困、外国国籍、

---

1 核心家庭指的是以异性婚姻或同性婚姻为基础，其父母与未婚子女共同生活的家庭。与核心家庭相对的模式为"大家庭"。

身体残疾、家庭问题等多种。

前述的主动内卷的群体是①＋②＋③，不参与内卷的是④这一群体。我将在本章聚焦内卷群体中的①＋②（即热衷于教育的阶层），试图再深入挖掘拼家长的实际情况这一课题。为什么要做这一步呢？因为他们正是践行家长主义的主角。

接下来的第二节里，我将聚焦"备考"（特指升小学备考）、补习班、课外学习及中学备考这几个方面来探讨热衷于教育的群体在现实中如何推动了教育战略。第三节将锁定经济层面的讨论，分析不断上涨的教育支出的问题。在本章后半部分，我将补充关于家长立场的几点探讨。第四节里，我会介绍与育儿和教育有关的欧美国家的教育社会学方面的研究成果，之后在第五节介绍受此影响的日本社会又推进了哪些研究。

2. 拼教育阶层的战略

备考的真实状况

有个词叫"教育战略",是法国社会学家皮埃尔·布尔迪厄[1]提出的说法,指各个集团、家庭为了进行自我再生产而推动的战略中与教育相关的部分(Bourdieu,1991年)。其核心内容包括在什么样的方针下育儿、为了接受更好的教育应该住在哪里、如何使用校外的教育机构、如何进行择校等。

我们首先来看一下"备考"相关的内容,这部分在我前一本书里也有所提及,即被称为幼儿教室的地方(志水,2021年,第三章)。我曾经参观过一间这种教室,是某出版社和某童装厂家合作的机构,大概在20多年前成立,提出的口号是"培养孩子'上进的大脑'和'饱满的心灵'"。孩子满1岁就可以来这里上课,与妈妈一组,每堂课60分钟。这种机构大多设置在百货商场里,给人一种"别致的感觉"。这种教室原本并不直接和"备考"挂钩,但在送孩子去上课的妈妈们的推动下,最终变成了"备考班"。

今时今日,在首都圈和关西圈中专门为"备考"而设立的幼儿教室的数量已经相当多了。我居住在大阪府北部，当地有些教室大概60年前就有了，算是开荒者，目前发展成了家族企业。还有的教室把孩子们的成绩做偏差值区分后再进行彻底"训练"，目标是为了通过志愿学校的升学考试。

话题回到"备考"。日本98％以上的小学生就读于（国立之外的）公立小学，1.3％就读于私立小学，0.6％就读于国立小学。仅从东京都的情况来看，在公立小学读书的占比95％，私立小学有4％，国立小学是0.6％（两者都是2020年的数据）（志水，同上，第91页）。换算后用极端的说法是，全日本仅有2％（差不多每50个人里有1个），东京有5％（差不多每20个人里有1个）的孩子能通过升学考试升入私立或国立小学。各位读者觉得这一数值是高还是低呢？

我手边有一份名为《关于志愿报考国立、私立小学的实际调查报告（首都圈版·速报值）》的报告，作者小针诚堪称研究升学考试对象的先驱，他在这份报告里描绘了首都圈家长们的最新状况[2]。

这份调查面向首都圈36家幼儿（备考）教室入读孩童的监护人，用邮件征集了调查问卷。首先让人感到震惊的一点是，给出回复的645个家庭里，家庭收入在"2300万日元以

---

1 皮埃尔·布尔迪厄（Pierre Bourdieu, 1930—2002），法国著名社会学大师、人类学家和哲学家。开创了许多调查架构和术语，如文化资本、社会资本和符号资本，以及惯习、场域、象征暴力等概念，以揭示在社会生活中的动态权力关系。
2 这个调查是在2021年4月到7月之间进行的，名为《关于志愿报考国立、私立小学的实际调查报告》。我们通过首都圈36所转型为备考班的幼儿教室的介绍，向2260位监护人发送了调查问卷，最终收回了28.5％的有效答卷。——原注

上"的占到了25%。以收入在"1000万日元以上"作为分界线的话，这一比例竟然高达82.7%。从学历来看，父母双方都是"本科学历以上"的占到了九成，父亲的职业有八成是"专业技术人员"或者"企业管理层"。此外，父母双方或者至少有一方毕业于国立、私立小学的比例也有三成以上（同上报告书，第66—70页）。

针对备考的理由和动机，作者准备了26个选项，回答中勾选"完全符合情况"最多的几项分别是："被学校的教育方针和教育内容吸引"（68.6%），"可以接触公立小学无法提供的个性化教育"（63.9%），"被学校的氛围吸引"（56.3%），"因为有附属学校或者同品牌学校，备考升学相对没那么辛苦"（40.1%），"感觉更符合孩子的适应性和个性"（39.1%）等（同上报告书，第24—32页）。

此外，作者还设置了一些问题来了解家长对孩子教育方面的原则和想法，这里最突出的一点是有"让孩子尽可能接受更高的教育"想法的家长占了绝大多数（回答"是这样想的"达到了98.6%）。对比"认为给孩子留更多财产更好"（同54.9%）与"希望孩子和父母从事一样的职业"（15.9%）这两个选项的数据，选前者的比例相当高。另一方面，承认"在育儿上感到很大压力和焦虑"这一问题的比例是44.1%，还不到半数。仅从这一数据就能看出，富裕阶层在升学备考方面的育儿焦虑可能并没有那么严重（同上报告书，第55—58页）。

补习班和兴趣爱好班的现状

接下来我简单整理一下补习班和兴趣爱好班的现状。大阪大学学生在这方面的情况前一章已叙述过，用一句话来概括就是他们度过了非常忙碌的孩童时期。不仅如此，相应产生的费用想必也是一笔很大的开支。补习班也好，兴趣爱好班也罢，都算是私人教育。与此相对的是公共教育，即用国家经费覆盖的学校教育系统。这里我想强调的一点是，私立学校也属于公共教育的一部分，和私人教育性质是完全不同的。所谓私人教育是每个家庭自费使用的教育资源，是公共经费支出无法覆盖的领域，所以也会有"校外教育活动"这样的说法。日本的私人教育在发达国家当中可以说是最发达的，但日本也是发达国家中教育支出占国家支出比例较低的国家之一（中泽，2014年），这也是因为社会上有一种根深蒂固的认知，觉得教育本来就是各个家庭自己负责的事。不过，这一常识在现代日本社会里几乎快要行不通了。

倍乐生[1]在几年前对校外教育活动的情况做过一个调查[2]，我们来简单回顾一下。调查数据显示，日本家庭在校外教育活动上平均每个月的支出，幼儿阶段是 6500 日元，小学阶段是

---

1 倍乐生（Benesse Corporation）是一家位于日本冈山县冈山市的出版社、教育出版公司，成立于 1955 年，现已成为日本最大的教育集团，中国知名早教品牌巧虎也是其投资项目。
2 这份调查是在网上进行的问卷调查，面向在 1998 年到 2013 年间生育了孩子的妈妈。成为调查对象的妈妈共有 16170 人，她们的孩子年龄在 3 岁到 18 岁（高三）之间。——原注

15300日元，初中阶段是22200日元，高中阶段是16900日元。之所以中学阶段最多（尤其是初三的支出，有25900日元），是因为其中包括了补习班等学习班的费用。这个调查分了四个类别，即"运动""艺术""家里上课""教室上课"各有多少孩子选择。比如小学四年级的学生里，选择运动（游泳、足球、体操等）的有68.4%，选择艺术（乐器、绘画、音乐教室等）的有31.9%，选择家里上课（做市面上买的练习题、上网课等）的有60.3%，选择教室上课（补习班、英语教室、书法教室等）的有52.6%（Benesse教育综合研究所，2017年）。

把数据罗列出来看，每一项数值都很高，但这一现实的背后又隐藏着怎样的社会经济差距呢？关于这一点，我们可以聚焦于运动方面深入探讨。最近有一本新出版的书，名为《孩子们的运动差距》（清水，2021年），书名直截了当。作者在书里参考了一些先行研究的问题意识和分析框架，试图阐明学生们学习能力差距的实际情况，又在丰富的数据基础上对孩子们"体力的两极分化"这一现象做了分析和考察。

简单来说，结论如下。"运动习惯方面的差距（机会不平等）和体力、运动能力方面的差距（结果不平等）是基于家庭背景产生的"，"家长是否在孩子的运动方面做了投资，其带来的体力差距在幼儿期就会显现，而这种差距随着年级的上升只会越来越大，到中学期间就呈现为悬殊状态"（清水，同上，第124页）。作者把这一现象称之为"运动版的家长主义"。

堪比"天王山"的初中升学考试

这一节最后的主题是初中升学考试，这个考试可以说是家长主义战争中的天王山[1]，因为绝大多数家长都相信，能否考上理想的初中将极大影响孩子们的未来。从统计数据来看，全国的中学生大概有 300 万人，其中 91.6% 读的是公立中学，7.5% 读的是私立中学，余下的 0.9% 读的是国立大学的附属中学。粗略来看，只有不到一成的孩子能通过考试升入私立或者国立中学，其中又有很大的地域区别。东京都私立中学的比例达到了 25%，紧随其后的高知、京都、奈良、神奈川也都达到了 10%（皆为 2020 年度的数据。〈志水，2021 年，第 78—79 页〉）。

新冠疫情也带来了升学考试战争的变化。据我认识的一位关西地区某补习班的熟人说，他们本以为疫情造成了经济不景气，预计上补习班的学生会减少，结果备考生反而增加了。因为疫情初期有些私立学校反应敏捷地导入了线上课程，但公立学校很难做到这一步，学生只能后知后觉地来上补习班。这位熟人还推测，家长们在提高孩子学习能力方面的焦虑或许拉高了参加私立学校招生考试的学生比例。

另一位我熟识的女性学者居住在东京，她的女儿刚刚结束

---

1 天王山位于京都盆地西边西山山系的南端，有重要的地形优势。天正十年（1582 年）6 月羽柴秀吉与明智光秀在此展开争夺天下的山崎之战，当时战局而出现占领此者便可获胜的状况，从此出现"决定天下的天王山"（天下分け目の天王山）的俗语，常用来指运动与游戏中的重要比赛。

初中升学考试,我也请教了她作为母亲的备考感受[1]。我把她的回答在这里简要介绍如下,读者或许能从中切身感受到当下升学考试的实际情况。

这位朋友来自中部地区,先生也是硕士毕业,两个人本来都非常倾向于让女儿报考公立学校,但据说有一件事改变了女儿的命运。

> 我和大学同学一起吃午餐时,她对我说了一句"我觉得自己之前都被骗了,其实参加初中升学考试更好哦"。她说考高中的内部升学十分难,尤其对女孩子来说,几乎不存在都立重点高中的保底学校,升学太难太难了。于是我们也采取了常见策略,让女儿在小学三年级那年的2月入读了Z补习班。
>
> 我记得一开始女儿小学班级里大概有五六成的学生在上补习班,后来渐渐有人退出,最后坚持到参加升学考试的差不多只有三成。我大概了解他们退出的原因。不管怎么说,补习班的作业真的太辛苦了。不只是孩子觉得"累",我们作为家长也这么感觉。之所以会有这种感觉,是因为四五年级的时候,我们已经做不好孩子的时间管理了。说到底还是作业的量太大了。怎么让孩子完成作业成了家长的事情。四年级的时候上补习班的频率是每周3次,五年级就成了一周4次,六年级是一周5次。星期一和星期五没有补习班的课,但那两天从早到晚都在写作

---

[1] 2022年2月15日通过Zoom进行的1小时的线上面谈。——原注

业，就是这种节奏。星期六的课从下午 2 点上到晚上 7 点，星期天早上 8 点半开始测验，下午是针对志愿学校的专门课程。不过我们家的情况是，女儿在六年级那年突然开窍，可以自己规划时间自己完成作业了。我的事情只剩下打印而已，完全不需要对她进行时间上的统筹。六年级开始反而轻松了。

关于志愿学校，说实话，我和先生都不是东京人，确实不知道优先选择哪里好，而且选择太多了。坦白讲，与其说最后是我们家做的决定，不如说我们是采纳了补习班老师建议的志愿学校。老师给她的建议是"你的性格，应该更适合这所学校吧"，基本是从偏差值、孩子的性格，还有孩子擅长的问题类型等出发给的建议。有的学校会考很多记忆性问题，还有些学校强调学习速度等。最后讨论来讨论去，我们把传说中"御三家"[1]之一的 A 中学定为了第一志愿学校。

最后她女儿的战绩是"三胜一败"。虽然没有考上第一志愿学校，但在学校咨询会上偶遇了一所私立学校，当时觉得"这里也不错呢"，最终成绩合格，决定去这所学校了。所有人都对这一结果很满意，只不过考试结果公布后才过了一周，家里就又收到了大量的习题册。

---

1 东京男子私立中学御三家是开成中学、麻布中学、武藏中学，另外被称为"女子御三家"的三家女子私立中学分别是樱荫学园、女子学院、双叶学园。

女儿结束了初中升学考试后，朋友做了如下回顾：

我觉得参加初中升学考试挺好。至少她能自发地去抓自己的学习，包括学会时间管理，她在12岁这个阶段得到的成长对将来也有很大帮助。但要问不上补习班是不是也能考上学校，我还真不这么觉得。不是说父母参加过升学考试，或者父母都是高学历就能应对孩子的升学考试。初中升学考试在内容上多少有点不一样，我觉得最难的是父母都上班的话很难挤出时间盯着孩子写作业。而且，父母和孩子之间肯定会在监督学习过程中变得情绪化。补习班是必须的，但最终钱也是必须的。如果要我来评价家长主义不断加剧的现状，我觉得就是这么一回事。站在教育研究者的立场上，我很想对这一现状带来的问题大声表达意见，但作为一个母亲，我近距离观察到女儿补习班的同学们有多努力，从这个角度来说，我很难站在这群拼尽全力的孩子面前，对他们说出"这些差距努力了也没用""这是社会问题"之类的话。在这些十一二岁的孩子面前，我只想发自内心对他们说一句"你已经很努力了"。这就是我的真实感受，我大脑里似乎同时存在着180度对立的两种想法。

这位朋友是我的同行，也是教育方面的专家。从她的话语中我感受到了她的心情，不仅仅作为专家，也作为家长，她想褒扬这些十一二岁的女孩子努力的姿态，想肯定她们的成长。可同时她也指出，父母与孩子捆绑在一起经历的备考体验中，

"补习班"作为陪跑者无法缺席。她还说"钱也是必须的"。她的表述让我再次想到了"选择＝家庭的财富＋父母的期望"这个公式。

3. 不断上涨的教育费用

日本的教育费用负担是世界最高水准

这里我想再次回顾一下有关教育费用的问题。我们在前一节已经探讨了校外教育活动的情况，但现实中这笔钱仅仅意味着整个家庭承担的教育费用支出的一部分。虽说这笔支出用在了私人教育上，但日本的家长们在公共教育上也投入了全世界最高水准的财力。

关于这一点，我们可以从文部科学省收集的数据中一探究竟。根据《孩子的学习费用调查》（2019 年）的统计，每个孩子每年学习费用（包括学费、学校伙食费、校外活动费用）总额大概如下：公立幼儿园是 22 万日元，私立幼儿园是 53 万日元，公立小学是 32 万日元，私立小学是 160 万日元，公立初中是 49 万日元，私立初中是 141 万日元，公立高中（全日制）是 46 万日元，私立高中（全日制）是 97 万日元。图表 3-1 从孩子就读的学校类别总结了孩子在 3 岁到 18 岁期间的学习费用总和。

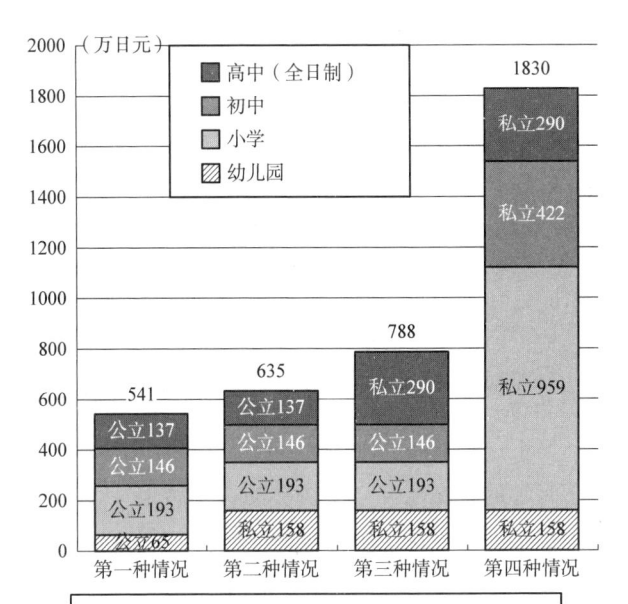

[图表显示2019年从3岁读幼儿园到高三的15年间的学习费用总和，单位为万日元]

- 第一种情况：全都读公立，总计541万日元（公立65 + 公立193 + 公立146 + 公立137）
- 第二种情况：幼儿园读私立，小学、初中、高中读公立，总计635万日元（私立158 + 公立193 + 公立146 + 公立137）
- 第三种情况：幼儿园和高中读私立，小学和初中读公立，总计788万日元（私立158 + 公立193 + 公立146 + 私立290）
- 第四种情况：全都读私立，总计1830万日元（私立158 + 私立959 + 私立422 + 私立290）

第一种情况：全都读公立
第二种情况：幼儿园读私立，小学、初中、高中读公立
第三种情况：幼儿园和高中读私立，小学和初中读公立
第四种情况：全都读私立

（参考）就读于私立学校和公立学校的人在所有幼儿、儿童、学生数量中的占比情况（2019年）
幼儿园（公立15.5%，私立84.5%）、小学（公立98.8%，私立1.2%）、中学（公立92.6%，私立7.4%）、高中（全日制）（公立67%，私立33%）
※高中（全日制）学生的情况以本科生中毕业于公立学校、私立学校的占比来计算。
（资料）文部科学省《2019年学校基本统计（学校基本调查报告书）》

图表3-1　2019年从3岁读幼儿园到高三的15年间的学习费用总和

如上表所示，从幼儿园到高中一直读公立学校的总计花费是541万日元，如果全部读私立学校的话，算下来竟然要花费1830万日元。而且这只是读到高中的费用，继续读大学和研究

PARENTOCRACY　85

生的话，费用会远远超出这里的数值。简而言之，假设一个孩子一路读私立学校，到大学毕业时需要的教育费用差不多是3000万日元，这笔费用之高令人咋舌，当然能拿出这笔费用的也只是一小部分的富裕阶层而已。

根据经济学家橘木俊诏（2017年）的推算，如果一个孩子所有学校都读私立，而且考上了私立医学大学，还"租房"（一个人住），全部经费会达到4700万日元。这笔金额简直堪称天文数字。即便走花费最少的路径（一路读公立学校，从家里走读国立大学），总花费也需要1060万日元，超过了1000万日元（橘木，同上，第98页）。橘木在著作中还公开了一个很多人感兴趣的数据（大学生协会的调查结果），即离开父母身边的大学生们每个月收到的生活费发生了怎样的变化。1995年大概有六成学生每个月能拿到"10万日元"，但这之后，日本经济进入了停滞期，在2015年的节点，每个月还能拿到"10万日元"的学生比例变成了三成左右。绝大多数的学生每个月拿"5万到10万日元"（接近四成），"不到5万日元"的群体数量倒是增多了（25%）。而当下的大学生必须自己打零工来赚取学费（不是赚零花钱），但疫情导致打工也变得艰难。可以说这个时代真的是大学生受苦的时代（橘木，同上，第127页）。

教育社会学家矢野真和（2013年）做的一个调查显示，认为应该由社会承担大学教育费用的只是少数派，认为个人和家庭应该承担这笔费用的人占到了八成。不仅如此，这一回答的倾向虽然与调查对象的学历等属性没有一定的关联度，但这一"日本的常识"与美国和欧洲国家的观点截然不同。教育原本就包含了公共财产（对所有人都有用）的一面和私有财产（只对个体有用）的一面，但日本往往更强调后者，这大概也是家长主义能在现代日本社会迅猛发展的土壤。

4. 关于育儿阶层差距的研究——从欧美的过往经历来看

"文化资本"

这一部分，我将从几个不同侧面来分析现代日本社会里拼教育阶层的教育战略。其实针对育儿、教育所呈现出来的阶层差距这一问题，好几个国家都做过观察分析。我自己本身研究教育社会学，也知道这一课题在专业领域里有各种不同的理论。以下我将其中最有代表性的两个理论介绍给大家。

首先是法国的研究者布尔迪厄提出的教育战略这一理论。"文化资本"也是他提出来的概念，现在成了社会学里非常重要的一个术语（Bourdieu，1986年）。他的核心论点是，"各个集团、各个家庭在进行自我再生产时主要靠三种资本来推动，分别是经济资本、文化资本、社会关系资本"。经济资本指金钱和资产。社会关系资本指人际关系所带来的资源，即关系网或者交际圈这类词所指的范畴。而最后的文化资本，根据布尔迪厄的说法，可以通过三种形式来进行理解，即①制度化的形式（学历及其他教育资格证书）、②身体化的形式（个人的习惯和性情倾向，这里他使用了一个独特的术语"惯习"）和

③客体化的形式（书本、乐器、古董艺术等）。能巧妙地循环使用这三种资本进行自我再生产的就是"Middle Class"（中产阶级），而没能被这三种资本眷顾的便是"Working Class"（工人阶级），这就是布尔迪厄的观点。

被各种资本尤其是被文化资本眷顾的中产阶级孩子不仅能很好地适应学校文化，还能顺利完成优良的教育。与此相对，没能被文化资本眷顾的工人阶级孩子很容易在学校教育中遭遇失败。他们无法把学校里通用的潜在游戏规则变成自己的东西，也很难对规则做出恰当的回应。回顾"选择＝家庭的财富＋父母的期望"这一家长主义的公式，如果我们聚焦于"家庭的财富"，其实质与作用大抵可以在布尔迪厄的理论框架中找到相应位置。

"协作培养""自然成长"

接下来我想介绍的是美国的安妮特·拉鲁的研究。距今大概20年前，拉鲁在其代表著作（Lareau，2003年）中以数个家庭为调查对象，进行了参与观察的研究，之后提出了两个意味深长的对立概念，"协作培养"和"自然成长"。据拉鲁的观点，前者主要指典型中产阶级的育儿方式，后者指工人阶级以及贫困家庭中常见的育儿方式。

我们首先来看一下"协作培养"。通常来说，中产阶级的父母重视与孩子之间的交流。而且，父母也会尽可能有规划地拓展孩子的才华，所以孩子的生活中心就变成了由父母规划和统筹的各种有组织的活动。在这个过程中，孩子们被培养了可称之为"权利意识"的能力。这种能力让孩子敢于在一些制度化的场合中向和自己处于平等地位的成年人发问，也敢于主动社交。这里顺便一提，"协作培养"的英语原文是"concerted cultivation"。"Cultivation"的本意是"耕耘"，这里可以等换为"磨炼孩子的人格和天分"的意思。在此基础上还要结合"concerted"的方法。"Concerted"这个单词的意思是"共同""协作"。总结来说，中产阶级的家长"不仅考虑更周全，育儿也更有规划"。我们在本章前半部分提到的家长们就差不多是这一类型。

与此相对的是"自然成长"。工人阶级和贫困家庭的父母通常会在大人和孩子之间划定一条明确的分界线。父母也更容易使用命令语气的表达，比起和孩子讲道理，他们更多的是命令孩子应该如何做。不过另一方面，工人阶级和贫困家庭的孩子们倒是能更自由地决定如何度过自己的闲暇时间。他们可以随时出去玩，也可以和住在附近的朋友、亲戚家的孩子一起玩。但这种养育方法肯定没办法和学校之类的制度契合，导致从这种家庭走出来的孩子在一些制度化的场合里很容易产生距离感和不自信的感觉。"自然成长"的英语原文是"accomplishment of natural growth"。这种类型的家长从不和孩子进行讨论，要不就是命令，要不就是放养。孩子们等于是在和小朋友们玩的过程中自然成长起来的，就这样一路长到成年。我们在第二章前半部分描述的中学生和高中生就是这种孩子的真实写照。

如果把拉鲁的观点嵌入"选择＝家庭的财富＋父母的期望"这一家长主义的公式里，"父母的期望"的实质基本与其理论相吻合。毫不夸张地说，第二章里出现的"沿着父母设想的路线长大"的大阪大学的学生们宿命式的成长轨迹正是拉鲁所说的"协作培养"。

5. 日本的育儿研究

育儿差距

我有一位作家朋友广田照幸，他在 1990 年代后半期提出了"教育走入家庭"这一概念（广田，1999 年）。广田认为，经济高速增长时期出现的共同体的解体以及家族企业继承制度的衰败从根本上改变了教育对家庭的意义，因为父母全面承担起了对孩子进行以身作则的规范教育和知识教育的责任。通常大家会认为"家庭的教育投入偏低"，但他的观点与此正好相反，他认为父母比以往任何时候都更热心地投入于孩子的教育当中（中泽、余田，2014 年，第 173 页）。

本田做了充足的调查研究后，清晰刻画出了"被育儿绑架的母亲们"的群体形象。他提出了"精细"育儿和"放养"育儿的两个说法。前者表示母亲在诸多领域，如学习成绩、课外活动、生活习惯等方面努力提升孩子能力的做法；后者则表示母亲积极给孩子提供各种自由，创造表达和体验的机会。这两者与拉鲁的概念不同之处在于不是对应不同阶层的分类，而是强调两种着眼点不同的育儿方式。拼教育的阶层很想同时把这两个方法用在自己的育儿过程中，但这两者的特点不可兼容，所以母亲们很容易陷入纠结。与此相对，不属于这一阶层的父母则多对这两种育儿方式的要点都不太关心。本田指出这里就产生了育儿的"差距"问题（中泽、余田，同上，226—228页）。

四种类型

在参考这些国内外先行研究的基础上，我的研究团队对有学龄儿童（5岁到6岁）的家庭进行了访问观察的调查，前后花费4年时间做了共同研究。研究结果最后集结成了《提升孩子学习能力的家庭和育儿战略》（伊佐夏实编著，2019年）。我在此介绍一下其内容概要。

我们的调查地点是关西地区的X市，调查对象是有学龄儿童的家庭。我们通过委托市内的保育园和幼儿园，最后一共收集了86份回复。其中有13个家庭同意配合我们继续进行跟踪回访。调查员（基本是女性教师或者女研究生，极少是男性）大概每个月家访一次，和孩子还有家人一起度过从下午到晚上的几个小时，调查一直持续到孩子们读到小学三年级。这13个家庭里有2个单亲家庭，但基本都是居住在大城市的家庭，是由家庭主妇的母亲、作为顶梁柱的父亲和孩子（们）构成的核心家庭。不妨采用前文提及的布尔迪厄的理论框架，从"善用全资型"（3个家庭）、"善用经济资本型"（2个家庭）、"善用文化资本型"（2个家庭）和"善用社会关系资本型"（6个家庭）这四种类型对其进行具体的分析和考察。

善用全资本型的家庭不仅拥有丰富资本，父母也有明确的教育目标，会有意识地提升孩子的全方位能力。这种家庭的孩子过着十分充实的校园生活，和老师的关系也很好。父母期待着孩子能"更上一层楼"，在校外教育上也投入了很多。他们追求的不仅仅是学习能力之外的某个附加能力，也积极培养孩子的读书习惯，比如从小就给孩子读书之类。在不断变化的社会里，这种育儿方式培养出的孩子能力更强更突出，也更容易给人留下深刻印象。

善用经济资本型的家庭里，父母热心投资校外教育以及培养孩子的学习习惯，但没有特别重视阅读。一般认为这种家庭更期望培养出孩子的独立性，可以依靠自己的能力脚踏实地养活自己。此外，这种育儿方式还倾向于和学校及老师保持一定距离，孩子遇到困难的时候家长也多试图采用校外途径来解决。

善用文化资本型的家庭十分重视孩子的兴趣爱好，希望能最大限度地发挥孩子的个性。比起在校外活动上投入过多金钱，家长会不遗余力地动用自己的知识和经验让孩子学会快乐学习。总的来说，采用这种育儿方式的家长虽然会在一定程度上把孩子抽离出竞争激烈的环境，但各种具体做法还是能让人明白家长的教育目的所在。

善用社会关系资本型的家庭，其育儿特点在于给孩子高度的自由。学习方面首先要完成学校的作业，家长对除此以外的活动倒没有那么上心。父母们希望孩子能过上稳定的生活，每天过得充实就好，并不一定要出人头地，所以孩子们可以尽情享受属于自己的自由时光（伊佐，同上，第299—300页）。

这里我希望引起读者注意的是，成为调查对象的这些家庭都过着安定的生活，也有闲暇来配合研究者的采访并乐在其中。话说回来，如果是双职工家庭或者经济状况拮据的家庭，大概一开始就不会接受调查。而且整个调查结束后，我们印象很深的一点是这些家庭的家长几乎没有"深陷焦虑"当中。一个原因可能和调查对象的孩子还小（小学三年级在读）有关系。一旦进入到第二节提及的参加初中升学考试的环境，氛围可能就会突变。另外，调查地点的 X 市居住的大多是当地人，大家的生活水平普遍较高，这种地方属性也对调查结果造成了一定的影响。

6. 总结

焦虑的原因

　　最后我就本章的标题"深陷焦虑的家长"来整理一下自己的看法。

　　英国著名社会学家安东尼·吉登斯提出了"存在性焦虑"的概念，并将其解释为"近代社会的成熟带来了价值观的多元化，人们感觉到自己的生存基础受到了威胁，因而产生了焦虑"。简而言之，生活在传统社会里的稳定感和安心感被动摇了，人们不得不时常问自己："我到底是谁？我究竟该如何度过自己的一生？"吉登斯把这种普遍存在于现代人当中的情绪称之为"焦虑"（Giddens，2015 年）。另一方面我们的确每天都会感受到日常的私密焦虑。"我有没有关好煤气灶？""我刚刚那句话会不会惹她不高兴了？"这样的时刻层出不穷。可以说，家长主义背后父母的焦虑恰好命中这一情绪指向。

　　父母为何对育儿和教育如此焦虑呢？因为他们没办法处在全然安心的状态里。也可以理解为，因为没有"只要这么做就行"的明确方法，而以前的社会或者上一代人却拥有这些。今时今日，这一旧日形态已经全面瓦解。心中有明确育儿原则的人面对这一变化倒还好，没有自己想法的人只会一直处在持续焦虑的状态里，每次面对纷繁复杂的信息（通过网络或者和其他妈妈的聊天等）时做出当下认为最合适的选择。问题是哪些人能拥有坚定的育儿原则呢？只能是那些能把成长过程中经历的各种体验都消化为自己的东西，从中找出适合自己的育儿标准和方法的人。育儿过程中有的人非常焦虑，有的人则不那么焦虑，我觉得区别正在于此。

我们重新回到家长主义的角度来探讨这一问题。第二节提到了我的一位朋友，她经历了陪女儿备考初中的升学考试后，说了下面这段话：

> 我算是幸运的，相对轻松地走过了这个阶段。其他妈妈会更辛苦，也真的很烦恼，会付出很多行动。我觉得最典型的就是不停给孩子换补习班的妈妈。是哪些妈妈没有主见容易摇摆，哪些妈妈又在积极行动呢？我的理解或许只是一种模糊的印象，但我觉得可能和妈妈的最高学历有一定关系，不单纯是本科学历，而是跟出身学校有关。毕业于旧帝国大学还有早稻田、庆应这种大学的妈妈多少会不太一样。换句话说，虽然现在拥有高学历的妈妈越来越多了，但其中毕业于旧帝国大学，早稻田庆应的妈妈在面对孩子的初中升学考试的时候，大多都看起来更从容。她们给我的感觉是，即便孩子没考上理想的初中，后面还有高中考试，还有高考的机会，她们相信每个人的成长都有自己的节奏。所以比起上哪个补习班，她们更在意孩子是

否自己在努力，因为越早努力就越有机会考上被称为御三家的那些初中。与此相对，毕业于短期大学和女子大学的妈妈们给我的感觉是，她们更在乎找补习班，比如刚刚提到的不断给孩子换地方，或者找家教到家里补习，她们的选择似乎没那么多，但的确是拼尽全力在想办法。

中产阶级最焦虑

很多人对"旧帝国大学"这个称谓似乎不是很熟悉，它是指在第二次世界大战前就已经建校的"帝国大学"，具体包括东京大学、京都大学、大阪大学等学校。简而言之，那些毕业于偏差值排名靠前的大学的妈妈无论什么情况下都能有乐观的远见，觉得"总会有办法"。与此相对，学历差一个等级的妈妈们似乎"真的很烦恼，付出了很多行动"，也"更辛苦"。也就是说，即便是拼教育的阶层，其中也分出了两个层级。

或许可以这么来理解，家长主义愈演愈烈的这股上升气流里，虽然中产阶级被卷入其中，但处于气流上层的人并没有采取过激行动，反而是处于气流中层的人的动作比较大，对育儿最焦虑的往往也是这一层级的家长。

前一节提及的伊佐的研究其实已十分贴近中产阶级内部育儿和教育战略的本质。其中善用全资本型和文化资本型的家庭极其明显地体现了拉鲁所说的"协作培养"育儿的一面，而善用社会关系资本型的家庭则让人强烈感受到"自然成长"的一面。拉鲁把这两者描画为中产阶级和工人阶级的区别，而伊佐在中产阶级内部看出了两个不同的侧面。

　　如此看来，今后有待继续拓展的研究领域是对工人阶级和贫困阶层的育儿状况的探究。拉鲁以美国为研究对象所揭示的实际育儿情况，我们已经在日本见到了完全一样的现象。而且，拉鲁一直把"工人阶级"和"贫困阶层"的育儿当作同一种情况来处理，事实果真如此吗？坦白说，我不认为工人阶级和贫困阶层的育儿完全一致。我们作为这一课题的研究者，也被大众期待着来解明其中的区别。这个"不主动内卷"的群体对教育有着怎样的认知呢？还是说他们其实根本没什么想法呢？此外，这一群体里又以怎样的形式分成了哪些不同的小群体呢？进而，减弱这一社会差距的各项措施又会带来怎样的效果呢？要想掌握这些情况，今后的调查研究应避免从高视角俯瞰，而是从低视角来观察。

第四章　困惑的老师们

1. 写在前面

1990 年代的风向变了

我以前认为在日本做老师是很不错的工作。

1970 年代到 1980 年代这段时期里，欧美研究者常常夸赞日本教育工作者的了不起（Cummings，1981 年）。基于平等主义的教育系统不仅支持了战后的日本经济的高速增长，也塑造了日本国民勤奋和正直的品质，这帮助了日本整体国力的飞跃。当时日本的学校教育致力于引导孩子们人格上的全面发展，教师们也以此为目标勤勤恳恳地工作，全面接纳孩子们。

但进入 1990 年代后，风向发生了变化。

有一件事情让我印象很深。1991 年到 1993 年间我在英国，出国前我还感觉日本的教育界处在十分平稳的状态，回国时却一下子感受到了剧烈的变化。经济上的确出现了如我旅居英国后期时听说的泡沫经济现象，也难怪回国后明显感觉到日本的不景气。说句极端的，我觉得日本的精气神消失了。这种大环境下，教育界自然也发生了巨大的转变。

1990 年代后半期，我在关西某城市做过一个问卷调查，主要是向教师们请教他们观察到的孩子们的变化。当地一共有60多位中小学和高中老师配合了我的工作，他们的教龄都在10年以上。我最后大致整理出了四点孩子们身上发生的显著变化（志水，1997），具体来说是"变得脆弱了""渴望一对一的社交关系""没有学生领袖"和"对社会不关心"。反过来说，以前的孩子更坚强，更习惯在集体中行动，有学生领袖，对社会的关心程度也更高。至少在骨干教师和老教师们的眼里，孩子们身上出现了这些变化。

不过，发生变化的不只是孩子们。与其说是孩子们，不如说是他们出生成长的环境发生了改变，甚至是社会发生了改变。从本书脉络来看，这种变化首先是随着家长主义的进行同步发生的，具体来说是家庭环境的变化以及家长们的意识和行动变化带来的。其次，新自由主义理念引发的教育改革动向和由此产生的学校氛围、文化上的变化也给孩子们带来了很大影响。刚好是这段时期，校园霸凌和拒绝上学的现象一度成为严重的社会问题。但无论哪一种原因，日本教师对孩子们在这期间的变化都深感"以前的方法全都不通用了"。

这一章的主题如标题所示是"困惑的老师们"。这里的"困惑"可以理解为老师口中说的"以前的方法全都不通用了"这一实际感受。

1990年代不仅发生了上述转变，也是所谓"宽松教育"这一模式被大力推广的年代。这一模式把综合学习时间置于学习指导纲领当中，提倡推广超出教科书框架的课程和教育活动。但进入2000年代后，文部科学省对孩子们学习能力普遍下降有了危机感，提出了所谓"培养扎实的学习能力"的提升口号，与此同时，为了满足新时代的教育需求，英语、信息（ICT[1]），还有道德课等内容也在课程表里占据了新的重要地位，也是为了拓展孩子们在这几个方面的能力。然而每一次引入新内容，老师们的困惑和不安就会增多一层，时代却不会停下来等待。学校随着新变化而掀起热火朝天的气氛，教师们只能跟着一天天忙起来。

直到 2010 年代后半段，经合组织（OECD）做了一个调查（2018 年的《国际教师指导环境调查》，TALIS[2] 2018）后，才发现日本教师普遍过劳，于是又催生出了面向教师的"改革工作方式"这一政策。矛盾的是，工作明明多得堆积如山，文部科学省和教育委员会却在紧急刹车，大喊不要长时间工作。老师们心里肯定会想："到底要我们怎么做?!"加上这几年疫情，我推测老师们的困惑只会有增无减。

这一章我将按照以下思路来解读家长主义对教师们意味着什么。第二节里，我会站在历史的视角用图表来审视家长和老师之间的关系。在此基础上，我将在第三节探讨家长主义给学校和教师带来的变化，具体会涉及父母的态度和学习能力差距这两个当下最热门的话题。紧接着第四节里，我将围绕家长主义不断被推行的大背景与新自由主义教育改革带来的教学一线之间的摩擦来听一听教师们的心声。最后的第五节是总结。

---

[1] ICT 的全称是 Information and Communications Technology，指信息及通信技术或信息通信科技。
[2] Teaching and Learning International Survey 的首字母缩略，中文是"国际教学与学习调查"。

2. 家长、孩子与老师的三角关系

变成了"教育是可选择的"

我在前一节里提到了孩子、家庭和学校在 1990 年代发生的变化。在我看来，这之前（1980 年代前）和之后（2000 年代后）的三角关系发生了戏剧性转变。如图表 4-1 所示。

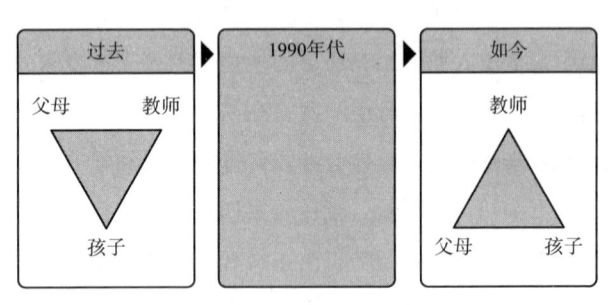

图表 4-1　家长、孩子与教师三者之间关系的变化

这一图表的意思非常简单明了。

以前的教育氛围是家长和教师捆绑在一起共同培养孩子，而且是双方一起把孩子往上拉。但如今这一架构完全崩溃，变成了家长和孩子联合起来"评判"教师的模式。或许我的表达

不好听，但这的确给人一种"只要教师稍有差池，就会被一把拉下来"的感觉。

这个变化可以看作是从"教育是大家一起去创造的"变成了"教育是可选择的"。换句话说，家长的视角不再和同为成年人的教师持平，而是不知不觉与孩子的视角重叠在了一起。以前家长在老师面前说话都是"老师请对我的孩子严厉一点"，包括我自己在育儿过程中也和妻子达成一致，"不在孩子面前表达对老师的不满和抱怨"。这种做法现在肯定会被认为是不考虑孩子的感受，其实是反过来让我时刻提醒自己要尽量去支持教师的教学。那时候一个很突出的整体氛围是大人们团结在一起共同培养下一代的孩子。

1990年代中期，因为任职的大学发生了调动，我从关西搬到了首都圈，也是在这一时期，我切身感受到了图表所示的变化。我觉得首都圈是最早发生了图示的三角关系的变化（从左侧的倒三角形变为右侧的正三角形）。我们家当时住的是公务员宿舍，孩子读的是当地公立小学，可学校里很多孩子都来自拼教育的家庭，和我在前一章描述的情况完全一样。听我妻子说，孩子们遇到了霸凌或者其他矛盾的时候，很多家长都会说"我家孩子没错，错的是周围那些孩子"。我那时担任少年足球队的父亲教练[1]一职，每次应对热心教育的妈妈们都苦不堪言，她们总对我说"希望你提拔一下我家孩子"之类的话。不过那个球队里家长们的配合也确实给了我很大支持，所以图表4-1里左侧倒三角形的架构当时仍然存在。今时今日，据说在以小

---

1 日语原文为"お父さんコーチ"，指可以帮助指导陪练少年足球队的父亲们。

学为基地的球队里,家长去协助运营(帮忙)会让人头疼,那种只要付月费就万事大吉的俱乐部球队的形式反而更受欢迎。

我在第一章里提到,我们的社会是从贵族制度(身份社会)转变为精英主义(绩效社会),而现在又慢慢转变为家长主义。贵族制度的一个明显特点是社会结构本身决定了符合各自身份和阶层的育儿方式。精英主义的社会里,学校成了聚焦点。为什么呢?虽然每个人的"成绩"要靠自己,但最主要的基础还是在于不同的学校带来的"学习能力"的不同,以及"学历"的不同。而教师们能在某一时期得到尊重、为自己强大的影响力感到骄傲也离不开这一背景。同样,大人们(家长和教师)也在这样的环境下能一起拉着孩子向上走。与此形成对照的是,家长主义的社会里更擅长利用教育资源的家长能得到最大限度的好处,结果就变成了家长和孩子变为支配者去"评判"学校和教师的形式,教师们为了不得罪家长和孩子只好谨言慎行,这成了常态。

3. 家长主义给学校和老师带来了什么

老师苦于和家长打交道

家长主义究竟给学校和老师带来了什么样的影响呢？这一节里，我想围绕以下两点展开论述。一个是老师和家长打交道的不易，另一个是孩子们学习能力差距的扩大。

我们先来看一下和家长打交道这个话题。

各位读者一定都听说过"怪兽家长"[1]这个词吧？这个说法是曾任小学老师的向山洋一提出来的，指那些"以自我为中心，对学校提出无理要求的家长"（《教室 Two Way》，2007年8月号）。进入21世纪后，这一说法用得更普遍了。在美国有个类似表达是"直升机家长"，意思是家长时刻盘旋在孩子上空，孩子一旦遇到不利情况，家长会迅速降落在学校，提出各种要求（日本教育社会学会，2018年，第436页）。

小野田正利堪称研究如何与家长打交道的第一人。根据他的研究，家长对学校的投诉过程大概分为三个阶段。首先是理所当然认为学校要接受他们的"诉求"，之后是觉得学校要根据具体情况来处理"投诉"，最后当事人眼看再怎么争取也得不到满意结果，就"提出难办的无理要求"（纠缠不休）（小野田，2013年）。学校面对监护人不断增多的诉求、投诉、难办的无理要求，要如何接收信息，又如何回应处理呢？举例来说，我在前一节提到有些家长认为"我家孩子没错，错的是周围那些孩子"，学校如何回应这样的家长呢？这就是和家长打交道的问题。小野田主张不能一开始就把对方当作怪兽家长回应，而是有必要先和家长做深入透彻的沟通，理解父母的期望和想法，但这中间的过程确实不是一星半点的辛苦。为了做到这一步，学校要向商场和制造商学习处理投诉的实际案例，同时教育委员会和专家学者们也要编写和家长打交道的手册，分发到教学一线，组织老师们研修来训练这一能力。

根据文部科学省2013年做的《关于教职员精神压力问题的应对方法》这一调查，校长们感到压力最大的是"学校经营"这一项，达到了74%，"和家长打交道"紧随其后，是第二大压力来源，有65%之高。此外，同样由文部科学省于2015年做的《针对中小学教师工作压力的调查》显示，"应对家长和地方政府的要求和投诉"（71%）、"应对国家部门和教委的调查"（87%）、"写研修报告和总结"（72%）这几项是教师普遍感觉压力数值最高的内容（日本教育社会学会，2018年，第436页）。

当下多数老师，尤其是年轻老师感到对和家长打交道苦不堪言，不少人甚至因为这一点而被迫辞职。细想来也不足为奇，一个刚毕业的新任教师被指定为年级负责人，首先要了解

---

1 日语原文为"モンスターペアレント"，英文为"Monster Parent"，通常指那些对孩子过分溺爱、过分保护、过分干涉孩子生活的父母。

学生的想法，掌握整个年级的概况；其次要备好课，小学老师每天有 4 到 6 课时的工作量，一学期大概要教 8 到 9 门课，仅仅完成这一项就筋疲力尽了。资质好的新任教师往往还被寄予厚望，被期待着表现得好一点，再好一点。这些都做好后还要应对比自己年龄大、比自己社会经验丰富、带着一种近似消费者立场的家长的期望。虽说也有家长能理解老师，但更多人做不到这一点。如果没有同事和管理层来给自己做后盾，不难想象一般年轻人根本做不来如此重负荷的工作。

在家长主义的大环境下，好坏先不论，学校变得越来越像服务业了，而老师在某种意义上也不得不集中精力来"接待顾客"，不知不觉被置于一种要满足顾客期待的处境里。

学校的两极分化

接下来我们看一下学习能力差距方面，这也是我过去 20 年间最倾注心力研究的教育问题。大概刚好 20 年前，我的研究团队发现了"学习能力的两极分化"这一现象（苅谷等，2002 年）。孩子们在学习能力上呈现的"双驼峰"化现象如今已经成了全国中小学的常态，教育界的普遍共识是这背后隐含着"家庭的两极分化"问题。

欧美国家一直对"能促进学习的学校"（effective schools）有研究。我参考了这些研究后，对如何消除学习能力双驼峰化的教育实践积累了自己的心得。所谓"能促进学习的学校"是指能帮助处于不良教育资源环境中的孩子提升学习能力的学校（锅岛，2003 年）。我在关西地区，尤其是以大阪为中心展开调查研究后发现，日本也存在着"能促进学习的学校"。而且这一现象的背后离不开有着悠久历史的同和教育[1]的践行。当时为了改善同和地区孩子们偏低的学习能力和偏低的升学率，政府给这些地方加配了同和教师[2]，也尝试了有系统的教育实践，内容以打造共同体和学习被歧视部落的问题为主轴（志水，2018 年）。这一尝试带来的成果是形成了一种良好的教育氛围，使教育体系能帮助那些学习吃力的孩子提升学习能力。但 2002 年 3 月之后，一系列的同和政策失效，加配的同和教师数量也锐减，以前的同和教育也被纳入了一个称为人权教育的全新概念里。

在当下这个节点，以大阪为中心的关西地区仍旧有一些学校在支援困难阶层，而且近几年的教育社会学里也提出了一些新概念，比如"有力量的学校"（志水编，2009 年）、"拒绝排外的学校"（西田，2012 年）、"有人文关怀的学校"（柏木，2020 年）等，有些研究已经在尝试整理这些学校的特点以便从中提炼出新的专业术语。

另一方面让人担心的是"学校的两极分化"这一表达所指出的公立学校的现状（志水，2021 年）。如本章开头所述，刚进入 21 世纪的时候，"学习能力的两极分化"这一趋势开始变得明显，但我认为当时也能看出"学校的两极分化"同步进展

---

[1] 同和教育，是日本为了消除历史上固有的部落差别问题而进行的教育。"同和"有"同胞融合"之意。
[2] 加配同和教师是指每所公立学校的教师数量是根据义务教育标准法和高中标准法算好的，在此基础上文部科学省另外备配的教师。同和加配教师最鼎盛时期在全国有 1000 人以上（部落解放、人权研究所《部落问题、人权事典》，第 722 页）。——原注

的趋势。所谓学校的两极分化是指在公立学校内部逐渐分化出"被好评的学校"和"被差评的学校",而且这一倾向越来越明显,其背景正是新自由主义教育改革的阴影。

私立学校和公立学校之间原本就存在着威信上的差距。在小地方,学生报考公立学校的意愿大概率高于报考私立学校的意愿,但在大都市圈,私立学校的名声压倒性地优于公立学校。时至今日,不仅仅是公私立学校之间有差距,连公立学校之间的两极分化也越来越严重了。

最能代表公立学校两极分化的就是新自由主义政策下的择校制度[1]。2000年日本以品川区为开端,越来越多的自治体开始采用择校制度,鼎盛期全国大概有一成的市町村都采用了不同形式的择校制度(志水,同上,第116—117页)。随后这一制度被重新审视的倾向又开始增强,势头慢慢弱了下来。但在如此大背景下,大阪市还是于2014年在全市采用了择校制度。如各位读者所知,大阪市是全国"维新"[2]势力最强的地方,也是当下推进新自由主义教育政策最为激进的自治体。这样的大阪发生了什么样的变化呢?以下引用的图表4-2最集中体现了其变化趋势。

这张图表显示了引入择校制度前后,大阪市24个区之一的西成区里6所学校考试成绩的变化(志水,同上,第160页)。图中数值是把全国的学习能力和学习状况调查的结果换

---

[1] 择校制度指一种家长和学生可以考虑学校的声誉、教学质量、地理位置、特色课程等来自由选择希望就读的学校的教育制度。
[2] "维新"通常指的是"维新会",是日本一个政治团体,主张政治改革和地方自治,在大阪地区的政治中具有一定影响力,试图打破传统政治势力,推动改革和创新。

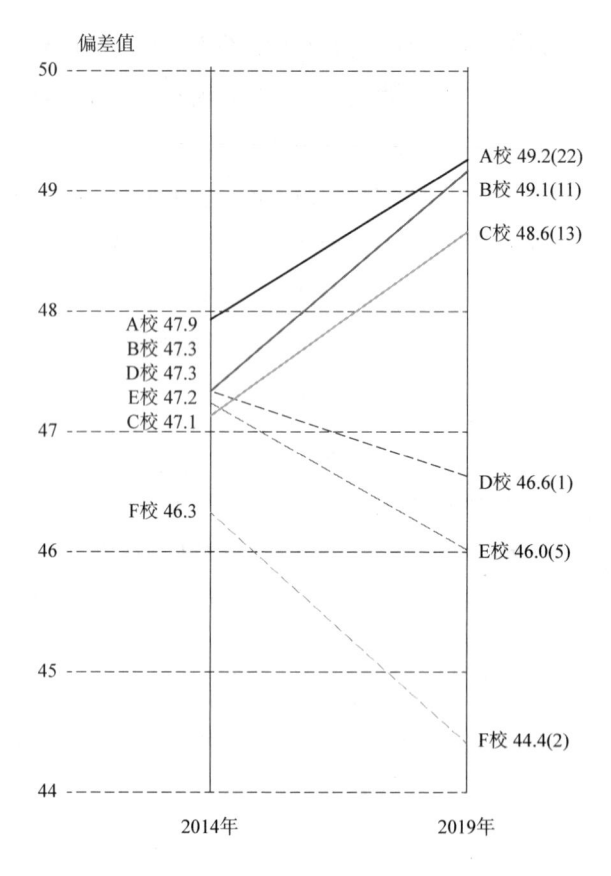

注：1. 本书作者对拿到的数据做了再处理。
　　2. 学校名右侧括号里的数字是"外校区希望入学的人数"。

图表 4 - 2　偏差值的变化——西成区的中学

算成了偏差值。

西成区居住的大多是大阪市社会经济地位最低的居民。从上图左侧 2014 年的数值（偏差值）可以看出，没有一所学校的偏差值超过 50。换句话说，区内原本就没有一所公立学校的成绩能超出全国平均成绩。再看右侧 2019 年的数值，有 3 所学校的成绩呈现出了直线上升的趋势，但另外3所学校的成绩下降得更严重了。我想强调的是图中括号里的数值，它表示的是"外校区希望入学的人数"。反过来，其实我也想知道"外校区希望入学其他学校的人数"，但这个数字没有公开也就无从得知。但无论如何，仅从这一指标上也能看到成绩上升的学校数字达到了两位数，而成绩下降的学校都是个位数（或者几乎没有）。换句话说，"受欢迎学校"的成绩在齐头并进，而"不受欢迎学校"的成绩则同步下跌。其中人气最低的F学校的偏差值甚至下滑到了44，可以说相当之低。

简而言之，我们在这张图里可以看清楚一个事实，即引入择校制度后，公立学校的两极分化在这5年间变得更明显了，而且无法忽视的一点是西成区作为大阪市经济最差的区域，即便这里公立学校的老师们团结一致想提高孩子们的学习能力，给他们更多未来的选择，现实却是教育政策（教育改革）在唱反调，带来了"断层"。各位读者如何看待这一现状呢？

4. 新自由主义带来的矛盾——老师们的心声

大阪的老师们的证言

我们已经探讨了家长主义对学校和老师的影响，但还没有机会倾听老师作为当事人的心声，因此这一内容就放在本节。我考察的对象是大阪的老师们。

2008年大阪维新会的代表桥下彻当选大阪府知事后，他先引入了我们上文提到的择校制度，之后又在全国率先践行了新自由主义的教育改革。时至今日，这一影响已经在大阪的教学一线留下了意味深长的阴影。如我在第一章指出的，家长主义的理念在于最大限度尊重父母的选择，而其背景正是新自由主义的教育改革。随着这一改革的推进，家庭的财富和父母的期望又成为了"差距"的媒介，进而让家长主义（用本章涉及的主题来说，指学习能力的两极分化和学校的两极分化）愈演愈烈，循环构造由此形成。在这样的背景下，身处教学一线的老师们如何看待这一状况呢？他们又打算如何应对呢？

我手边有两本书都涉及了对大阪教育改革的探讨，分别是滨元伸彦和原田琢也编著的《新自由主义教育改革和学校文化》（明石书店，2018年），以及中村瑛仁的《"好累的学校"里的教师文化》（大阪大学出版社，2019年）。我在这里介绍其中记录的部分老师的心声。

围绕前一节提及的择校制度，我们先来听一听校长的看法。针对大阪如今学校管理层人手严重不足的现状，一位校长意见如下：

> 我算是反对跨区吧，反正我们是想尽一切办法一个一个去说服自己所在区的家长。可是上面还是不管不顾地引入了择校制度。那我们的工作还怎么做！这样搞，只会让那些真正有热情也有能力的教育工作者气得无处发泄，而且我们自己作为校长，作为带头人，怎么可能为了这样的城市去摇旗呐喊，去拼尽全力？想都不用想！继续这样搞，那些一线的老师肯定不可能干一辈子了。（滨元、原田，2018年，第59页）

大阪以前有段时间因为跨区上学的问题闹得沸沸扬扬。据说那时候有不少家长为了让孩子上"好学校"或者为了避开"坏学校"而跨校区把孩子送到其他学校去上学。为此，大阪的老师们不遗余力地劝说家长们，希望他们能重视当地学校，也给他们创造各种心甘情愿入读本地学校的机会。结果，择校制度的引入把所有的努力都击碎了。甚至不让"有热情有能力的人"做学校管理层的风气现在也渐渐在大阪扩散开了。这个问题真是无法置之不理。

在社会经济相对落后区域的学校里任职的老师们对我说了

下面的话：

> 即便在这样的学校里，家长的选择意识也在一点点提高，这虽然也是件让人欣慰的事，但说实话，连我们这样学校的家长意识都在提高的话，反过来以后来我们学校的学生是不是也会慢慢减少呢？大家会说，（我们学校的）"老师再怎么用心，孩子来了这里，学习能力好像还是上不去，努力了也拿不到好成绩"，结果有能力的孩子一股脑都流失了。可能会（通过择校制度）去私立学校，也可能会去附近的其他学校，早晚会发展到这一步吧。（滨元、原田，同上，第123页）

为了准确理解上面这段发言，我们必须先了解大阪市现在正在实施的名为"挑战测试"（Challenge Test）的项目，这也是大阪市独有的学习能力测试。学校的平均分可以决定孩子们的内部申请分数是否可以"补上来"，这对就读于实力强的学校里的孩子来说有利，但对就读于实力偏弱的学校里的孩子不利。所以，孩子们（尤其是学习能力处于上游的孩子）自然而然出现了一个流动倾向，想去稍微好一点的、实力更强一点的学校。所谓"弱肉强食"的世界就这样活生生出现在了眼前。

我们稍微把视野放宽一些，来看看新自由主义教育改革的其他方面。

前文提到的中村瑛仁（2019年）针对大阪的教育改革给老师们带来的困扰整理出了三点内容，分别是"行政管理更严了""实际拥有的话语权降低了""开始走结果主义和竞争主义路线"。每一点我们都引用老师们的证言来具体探讨。

"行政管理更严了"

他们对教职员工进行的惩罚,就是想束缚住我们吧。但我觉得,在工作上通过惩罚来约束我们,肯定不可能让我们提高工作热情啊。(略)得把我们当做人对待吧。现在这么干真的让我们心力交瘁,长此以往,我们被伤害的感情要如何才能恢复啊?再说我也不觉得能轻易恢复。具体的我也说不好,但就是觉得很窒息,没有自由,每天在一种被束缚住的环境里机械地工作。(中村,2019年,第204页)

"实际拥有的话语权降低了"

大阪最近很奇怪的一点是,电视上播的关于学校的情况不仅我不知道,连校长都不知道。基本上很多政策都是通过媒体和新闻报道传达下来的,等于是家长、孩子们、我们、校长在同一时间看到了很多信息。如果是以前,我们会和教育委员会的人碰头,和校长会碰头,和工会碰头,大家一边讨论商量一边做事。如今我们的信息完全被隔断了,直接从上到下传达命令,我们每天都战战兢兢手忙脚乱不知所措。可这就是现如今大阪的教育现状。所以我们经常面对的情况是什么都还不知道呢,上面突然就噼里啪啦下来很多事情。管理层完全不能理解我们的处境,也不会帮我们去确认清楚,我们收到通知后根本没得选,只能照做。(中村,同上,第205—206页)

"开始走结果主义和竞争主义路线"

> 总是把一个目的指标定得很笼统。比如一句"消灭迟到现象",这本身没有错。(略)要真的能消除迟到现象当然好,但我们也不能省去弄清楚'孩子为什么迟到'这个步骤吧?如果只是睡懒觉,那我们对学生大吼一通也没关系。(略)只是我们也得搞清楚那些"老师印象不深的孩子"的生活背景,看看有没有什么地方可以去调整吧。有些孩子即便照旧迟到,但以前过了中午才来上课的,现在上课两个小时后能来学校,对本人来说就是很大的进步,但这种进步没办法体现在具体的数值上。(略)有的孩子早上一睁眼,爸妈就已经出门了,晚上也不知道爸妈几点才到家,对这种孩子来说,他们能早上10点来到学校就是很棒的表现,如果仍旧把这个算成迟到的话,学生肯定就不来学校了吧。(中村,同上,第209页)

对老师们的这些发言,我没必要再加任何详细的注解了。最后一位老师提到,他认为"家庭环境糟糕的孩子10点来学校"就是进步,但这一点与新自由主义的理念完全无法相融,因为其主旨就是结果主义和竞争主义。

还有一位老师对办公室的状况说了下面这段话:

> 老师们都搞小团体,相互之间勾心斗角,(同事关系)很淡薄。不仅仅是我们这里(的学校),其他学校也都一样有孤立的情况。工会早就开始搞小团体了,但现在老师在办公室里也开始出现被孤立的现象了。所以大家都很注

意自己的想法,自己的说话,还有别人怎么看自己。(略)不过我们在办公室里说的最多的还是孩子太差劲了,家长太差劲了,地方政府太差劲了,一说这些话题就停不下来。真的是看不到未来。一聊起这些,真感觉现在老师的自尊都快没了。尤其是最近,学校还加入了很多政治色彩。(略)感觉不得不放下尊严,虽然只是一点点。我们也没办法怪别人,因为我们自己也没做什么。(略)最后就变成别人对我们说"加油"的时候,我们完全感受不到想加油的动力。不过还是会继续战斗下去……(中村,同上,第219页)

5. 总结

老师受难的时代

教育原本就是保守的。我们可以想象一下动物的育儿方式。现在的动物基本保持着和100年前、200年前一样的形式，而且这么长的时间跨度里一直很稳定。人类也是动物，人类的育儿方式基本上也不会发生太大变化。然而人类不单纯是动物，还是"社会动物"。如果社会发生了变化，人类的教育也会随之变化。这就是教育的真相。

无论欧美还是日本，把义务教育设定为学校教育的支柱大概只是距今150年前的事。在此之前，孩子们没有接受学校教育就长大成人了，这与现今截然不同。现在的情况是，孩子们不经历学校教育就无法正常长大。正因如此，我们的社会才出现了家长主义能通过父母的财富和期望左右着孩子们的学校教育的质量和数量，进而极大地影响了孩子们的人生方向的局面。在这种背景下，过去二三十年间，家长和老师的关系也发生了大变转。如本章第二节（图表4-1）所示，这一关系架构从倒三角形变成了正三角形，简单明了地展现了其变化的本质。

因此，本章探讨的正是这些变化给老师们带来的巨大困惑。因为老师们被迫重视的不是向下一代传递普世通用的社会规则、价值观和文化，而是不得不去重视有没有准确回应每一位家长的想法和需求。不仅如此，如我在前一节提及，现在教育改革的方向还在过度助长这一风气，甚至加快了这一变化的发展。

如前所述，大阪现在面临着学校的管理层人手不够的问题。经验丰富的老教师都对行政岗态度消极，近年参加教师录用考试的人数也出现了低迷态势。原本该是作为年轻教师在教学一线活跃的一代人，竟然对学校这一职场毫无兴趣，不得不说形势很严峻。而且，不仅大阪存在报考教师意愿低迷的问题，其他相当多的都道府县也都面临着这一难题。

新自由主义试图通过"外部激励"给老师们带来动力，比如是否提高了学生们的成绩作为"业绩"，进而将其与工资和奖金挂钩，以此来管理老师们的工作热情。但这样做无疑大错特错。老师们产生工作动力最重要的一点是工作上的成就感，即让他们感受到"孩子们的进步"，同时还有与同事们相互配合完成工作的充实感，而这些都是"内部激励"。

我们不得不承认一个现实，那就是家长主义的确存在损伤老师的自尊心、专业认知以及使命感的维度，而自尊心、专业认知和使命感在教师工作中都是不可或缺的东西。当下的确是教师受难的时代。

第五章　四面楚歌中的教育行政

1. 教育行政的处境

站在教育行政负责人的角度

"四面楚歌"这个词是形容周围全都是敌人或者反对者，没有一个同伴可以支援的境地，也可以说是"孤立无援的状况"。

这个成语来自很出名的"项羽和刘邦"的故事。楚国的项羽在垓下兵败于汉国的刘邦，被敌军层层包围之后，从四面八方传来了汉军高声唱楚国歌曲的声音，下面的人想着"汉军已经拿下楚国的土地了吗？怎么会有这么多楚国人呢？"，不禁向项羽感慨敌军当中楚人之多。但项羽明白，之所以听到故乡的歌曲不是因为援军来了，而是楚国人已经向汉军倒戈了（《日本大百科全书》第4卷，1994年，小学馆，第557页）。

或许，把教育行政当下的处境形容为"孤立无援"是略夸张的说法，但说"四面楚歌"则毫不夸张，即"曾经的朋友现在成了敌人"。在这一章里，我会近距离揭开这一实情的一角。

所谓教育行政，用通俗易懂的话来说是国家和地方公共团体对公立教育制度的管理和运营，具体对应的组织包括国家层面的文部科学省，以及地方层面的都道府县的教育委员会及市町村的教育委员会等机构。

前一章的内容主要聚焦于老师们身上，如果说是老师们推动了学校这一组织的运转，同样，推动文科省和教育委员会这些机构运转的就是所谓文科省官僚和教育委员会成员。在此可以把他们统一称为"教育行政负责人"。在这一章里，我将尝试从教育行政负责人的视角来阐明家长主义的现实以及对应策略。同时，考虑到篇幅有限，比起文科省等国家层面的观点，我主要以教育委员会等地方层面的观点为核心进行探讨。

话说 1980 年代的时候，教育行政和教学一线之间一度关系紧张（志水，2021 年，第 55—57 页）。极端来说，是因为以日教组[1]为中心的教职员工会在战后发展迅速，力量变得格外强大。当时的文部省[2]推进的政策无形中"助长了歧视、区别对待"现象，而教学一线对此高度警惕，于是彼此之间形成了紧张的气氛。日教组在"绝不再把我们的学生送上战场"这一口号的影响下，反对竞争主义的教育风气，一直努力推进平等主义的教育。然而，随着日本的经济繁荣和社会成熟，战后某段时期以牢固的团结而骄傲的教职员工会的组织黏性渐渐被削弱了。1989 年，以共产党所属的新教职工工会"全教"的成立

---

1 全称为日本教职员组合，是日本历史最悠久的教师和学校职员工会，成立于 1947 年，大概在 1980 年代末分裂。成员涵盖了全日本公私立大中小学教职员工，是日本著名的左翼组织，一贯主张正确认识和尊重历史，把真实的历史教给学生，同时提倡快乐教育。
2 日本文部省是日本政府负责教育、文化和体育等事务的部门，其历史可以追溯到明治维新时期，于 1871 年设立。2001 年，文部省与厚生省（负责社会保障和医疗卫生）合并，成立了"文部科学省"。这一合并旨在更好地整合教育、科学和文化等领域的政策，提高政府在这些领域的协调性和效率。

为标志，原先的工会组织逐渐解体，最后弱化到消失不见。

1990年代之后"上意下达"[1]逐渐强化

在家长主义加剧的1990年代，文部省、教育委员会和学校、老师之间的敌对关系逐渐弱化，与此同时新自由主义政策的增强使得政治挂帅的教育改革路线被不断强化，横向力量（相互牵制的关系）弱化的同时纵向力量（命令与服从的关系）越变越强了，即政治家和领导的想法以"上意下达"的形式对教育一线造成的影响力越来越大。

对教育行政人员来说，以前有工会这个"共同的敌人"，而今天这个敌人的力量减弱了很多，但取而代之的是"处处皆敌人"的境地，不知何时就会飞来一枚炸弹。谁是敌人呢？具体来说有政治家，有周围的县厅（国家层面），有部门（地方层面），有学生家长和其他市民，有媒体，有学校和老师。如果把教育行政比喻为一个船队的话，过去他们只要提前计划好航线，谨慎地往前开即可，但现在海面上处处都会遇到水流和障碍物，必须小心避险，或者一边躲避障碍一边提高自己随机应变的技能，总之需要更强的实力来应对。万一舵手发生了较大失误，就会随之陷入四面楚歌的境地。教育行政的工作是要处理好各种角色之间的利害关系，踏踏实实地去努力实现教育的理想目标。这真的是一份因果相连的工作。

---

1 日语原文是"トップダウン"，即英文的"Top Down"，在日本文化中指企业高层下达决定后，部下服从执行的形式，与此相反的是"Bottom Up"。

2. 国家教育政策的动向

"临教审"成了扣动家长主义的扳机

本书一直把1990年代看作"时代的转折点",最重要的原因是我在第一章提到的,家长主义这个概念是在1990年代出现在英国的(Brown, 1990年),当时恰好是撒切尔夫人实施战后最大规模的教育改革的最高潮。

探讨日本教育时,时任日本首相的中曾根康弘设立的临时教育审议会(后称"临教审")时常会被拿出来探讨,这也被看作教育改革的一个巨大转折点。审议是在1985年到1987年间进行的,最后被整理成了4份报告,对之后的教育政策产生了很大影响,报告的大背景正是我在第四章探讨过的学校与监护人之间关系的变化,即从父母与学校捆绑在一起拉着孩子向上爬升的形式,变成了父母和孩子结合起来评议学校的形式,这一变化也可以巧妙地表现为从倒三角形变为正三角形。这个转变是临教审出现的社会背景之一,但不可否认的事实是,临教审的审议结果也反过来加速了这一转变的进行。换句话说,临教审其实是扣动日本的家长主义进一步加剧的"扳机"。

临教审一共设置了 4 个部门，其中第一部门和第三部门之间的冲突最为激烈。第一部门的研究课题是"展望面向 21 世纪的教育方式"，所以其立场是推进"教育的自由化"。与此相对，第三部门把"初等中等教育的改革"当作使命，因此立场上极力反对自由化路线。用本书的说法来看这一结构，是提倡新自由主义的第一部门和与此坚决唱反调的第三部门之间的对峙。前者强烈反映了中曾根首相和财阀们的想法，而后者则强烈体现了以当时的文部省为首的教育行政群体的特色。最终结果是大家提出了折中方案，取消"自由化"这一表达，取而代之采纳"重视个性的原则"这一说法。换句话说，在当时的时间节点上，基于政策宽松化给教育注入自由竞争的原理后，试图使其活跃的"自由化"原则并没有被采用，取而代之的是基于"重视个性"这一理念给教育带来的灵活化和多样化，当时大家看到的大方向就是如此。教育行政学者市川昭午用了一个公式来形容这一变化，即从"教育的自由化"转为"自由的教育化"。临教审之后，一系列方针也被积极采纳，包括以学校设置标准为主的政策宽松化、制度的灵活化和实践的弹性化、教育内容和方法的多样化、对学习者自由的包容（甚至有"不去学校的自由"）、选择范围的扩大、增加私立教育的占比及教育产业的振兴、控制公立教育的支出及扩大自费比例等（市川，1995 年，第一章）。

其中，关于高中形式多样化的探讨成了 1990 年代的中心争论之一。在此之前，日本的教育一直把"唯一最佳制度"（the one best system）当做目标。但随着家长主义的深化，多样化的选项也随之出现，从而让消费者（监护人、孩子）能现实又高效地做出选择，这也成为被越来越多人接受的想法（市川，同上，第25页）。高中成了这一变革的焦点，一些基于新理念的学校类型也随之被设计出来，比如普通科目综合选择制高中、学分制高中、综合学科等，各地也都在推进这样的高中教育类型的多样化。这背后一个很重要的社会因素是基于偏差值一刀切的体制的常态化以及高中新生数量的减少使得高中重组变得越来越迫在眉睫。学校类型多样化的目标在于弱化偏差值一刀切的状况，哪怕只是微弱的变化也能提高初中阶段成绩处于中下游学生的学习动力（耳塚、樋田编著，1996年）。

进入2000年之后，教育改革方面已呈现出了愈发明显的新自由主义倾向，最能代表这一倾向的便是越来越普遍的择校现象，尤其是2000年东京都品川区引入择校制度后一度引起轩然大波。所谓择校制度是指可以选择公立小学和公立中学的制度，既可以选择自己所在自治体内任意一所学校升学，也可以选择自己所在校区附近的中小学，实际运作中有各种不同的方式，但无论表面形式如何，都意味着可以自由选择学校。日本社会的常识里，私立学校可以随便选择，但公立的中小学是不能随意选择的。择校制度完全改变了这一常识。

关于这一点，我在前一本书（志水，2021年，第四章）里做了详细说明，有兴趣的读者可以阅读参考。2006年进行的一项文科省调查显示，全国地方自治体中以某种形式引入了择校制度的自治体有240个（占整体的14.2%），正在研究中的有569个（33.5%），不打算引入的有887个（52.3%）。时至今日，除了2014年开始引入择校制度的大阪市，这一风潮已经出现了热度减弱的趋势。品川区原本是这一制度的急先锋，但也开始重新审视其实际运作（具体来说是把这一制度变得温和了），甚至有些自治体因为废除择校制度而受到了关注。最终，模仿欧美而开启的择校制度没能在日本扎根下来。

围绕学习能力展开的国际竞争

另一点我想探讨的是与新自由主义高度契合的国家政策的施行，即"全国学测"的实施情况。"全国学测"始于2007年，经历了各种变迁后，现在成了小学和中学的年度活动。引入这项政策的目的不仅在于追求教育的多样化和个性化，更在于试图提高学生的竞争力。这一政策的背景离不开经合组织自2000年以来进行的国际比较学习能力测试，即PISA（OECD学生学习成绩评估）的存在。设计这项测试的出发点是试图培养个体能适应社会的不断变化的优秀能力，因此各国政府一直关注其结果并对此做出反应。

可以说，学习能力的国际竞争也成了日常现象。

例如在英国，撒切尔改革导致了全国性的学习能力测试与择校制度的配套出现和贯彻。测试结果通常按学校名称公开，家长可以根据结果自由选择学校，这一制度的实施自1990年代以来延续至今。日本尚未达到这种程度，如前文所述，日本择校制度的实施仅限于部分自治体，而且一般情况下学校的测试结果并不公开。

一言以蔽之，英国在义务教育领域彻底贯彻了家长主义的原理，日本目前还没有发展到这一步。各位读者认为哪种方式更好呢？

3. 审视教育行政的视点——公正和卓越性

大阪的情况

在前一节中，我们简要回顾了日本教育政策的变迁。简而言之，以 1990 年为转折点，新自由主义的立场逐渐占据主导地位，其核心关键词是"政策宽松化"。实际上还有另一个关键词，即"权力下放"。权力下放是指上级机构将其权限移交给较低级别的单位（Witty 等，2000 年）。具体来说，这包括将国家权力下放给地方自治体，以及教育委员会将其拥有的权力下放给各个学校。在如今的教育领域里，这一趋势已发展为常态，但在不同都道府县和市町村呈现出不同的形式。

本节中我将以大阪府这一特定自治体为对象，从教育行政负责人的视角探讨"家长主义"这一主题。为什么选择大阪呢？主要原因是我对大阪的情况有较深入的了解，但不仅限于此。首先，如前一章所示，大阪目前是日本最倾向于采取新自由主义政策的自治体，因此它是代表家长主义最前沿的案例。此外下文也会说到，大阪在教育实践方面积攒了漫长的历史经验，这在全日本都堪称独树一帜。而且就这些实践的历史脉络而言，在某种意义上可以说正好与新自由主义针锋相对。基于这些因素，大阪可以说是一个极具争议性的特殊案例。

公正和卓越性

在这里我想引入两个词："公正"（equity）和"卓越性"（excellence）。这两个词作为教育社会学概念，一般用来评估"教育成果"，即教育行政的结果（志水、铃木编，2012年）。

首先公正这个概念用于考察"每个人是否都受到了同样平等的对待"，以及"尤其是有困难的人是否得到了适当援助"等问题。另一方面，卓越性则涉及"是否每个人的能力都得到了提升"，尤其注重"是否培养了社会的精英群体"等问题。以孩子们的学习能力方面为例，卓越性考量可以设定"提高水平"这一目标，公正考量可以设定"减少差距"这一目标。只有当孩子们的学习能力达到较高水平且同时彼此之间的差距较小时，教育行政才会被视为取得了理想成果。反之，如果孩子们的学习能力水平普遍较低且差距较大时，社会舆论肯定会一致发出批评声音："教育行政到底在搞什么！"2008年大阪的确就出现了这样的状况。

那一年，桥下彻成为大阪府知事。在此之前，大阪因其重视公正原则的教育政策而备受好评。由大阪府教育委员会事务局工作人员编写、于2005年出版的《火热行政：大阪如何改变教育》一书中，充分展示了教育内容的丰富以及教育行政工作者们致力进一步发展教育实践的热情。

这些教育政策源自同和教育的历史背景，与1969年《同和对策法》颁布后逐渐形成的教育体系一脉相承（志水，2018年）。当时，同和教育提出的一个口号是"重点关注困难学生进行年级建设"，政策也旨在保障和推进同和地区的孩子以及其他"困难学生"的学业和职业发展。这里所说的"困难儿童"很难具体对应某个群体，但包括了各种"在条件困难的家庭环境中长大，并在求学阶段的生活和学习上面临各种挑战的孩子们"。以同和教育为经验，日本在解决残疾儿童的问题上渐渐积累了可称之为"共生教育"的实践，其目标是尽量让残疾儿童和正常儿童在同一地方接受教育。此外，关于在日韩国人和新移民儿童的问题上，当时的日本政府也提出了"让差异变为多元"的口号，一点点尝试着多元文化共存的教育实践（志水，2022年）。

值得注意的一个事实是，参与这些实践的教师和教育政策制定者并没有特别强调上述的公正原则。换句话说，他们在开展这些教育实践的时候的确想为改善"困难学生"的境况做些什么，但从教育社会学的角度来看，这些实践也好，经验也罢，都可以被描述为"强调公正的教育"。我认为这些实践内容在全世界范围内都可以说是出类拔萃的。

但2008年大阪迎来了维新会的桥下政权。桥下是新自由主义的信奉者，自然也想将其理念直接导入教育领域。然而，新自由主义的一个特点是过度强调两个原则中的卓越性原则，几乎不顾公正原则，使二者像水和油一样难以混合。因此，一向坚持公正原则的大阪教育政策在桥下政权下被迫经历了180度的改变。

4. 教育行政官员们的战斗

知事和教委的攻防战

这里我想聚焦于两位人物,一位是在桥下担任大阪府知事时期担任大阪教育长[1]的中西正人,另一位是在同一时期担任教育监的桥本光能(在大阪,"教育监"是教育系统的最高职务,也是教育工作者在教学一线可以担任的最高职务)。让我们听一下在府教育委员会担任一二把手的两人的意见。

首先是中西先生。他担任教育长的任期是 2008 年到 2013 年,可谓真正支撑桥下府知事领导下的教育行政的顶梁柱。根据他最近出版的著作《大阪的教育行政》(2020 年),我想先回顾一下他作为教育长的工作情况。

他在大阪府厅工作了 39 年时间,一直专注于公务员的工作,最后担任的职务是教育长。桥下知事刚任职时,他是总务部长,做的是类似于大阪府的大管家工作。桥下知事很快提出让他担任教育长,他表示曾经为此犹豫数日。在成为总务部长之前,他做过教育次长这个职务,在与一些杰出的校长和教导主任当面交流后,他坚定了再次回到教育委员会工作的念头。

然而，当时的情况相当复杂，他对自己是否能够胜任还是感到不安和犹豫。至于其中的原因，可能有部分读者还记得，桥下当选知事不久发表过有关"糟糕的教育委员会"的言论，当时在围绕提高学生学习能力的问题上，府内教育界陷入一片混乱。

中西表示，接受这一职务时他在心里牢牢铭记了以下三点（中西，2021年，第21—22页）：

- 作为没有教师资格证的行政人员，我将时刻保持向教师学习的态度，也会拼尽全力为教师创造更好的工作环境。
- 与校长和市町村教育委员会进行充分讨论，并重视双方达成一致意见。
- 在强调新自由主义教育理念的大环境下，更重视"发挥每个孩子潜力的教育"，并注重"提升整体教育水平"。

其中第三点最为重要。尽管表达方式不同，但这一点强调的是卓越性（即发挥每个个体的潜力）和公正（即提升整体教育水平）皆重要。

2011年，大阪维新会提出了《教育基本条例》草案。据说中西教育长在看到这份草案时难以置信，因为其中列举了以下条款（中西，2020年，第117—118页）：

---

1 日本的教育长指教育委员会的事务执行负责人。

- 如果教育委员未能履行实现目标的职责，知事有权解雇委员。
- 将所有府立学校校长职务改为公开招聘，且任期有限。
- 将评教制度从绝对值评估改为相对排名评估，连续两年评教分数最低的教师将被直接解雇。
- 2013年取消府立高中的学区制度。
- 连续3年招生人数不足的府立高中将被废校。
- 中小学的学习能力测试结果将按市町村和学校进行公开。

自那时起，知事和教委之间的攻防战就拉开了序幕。除了教育长，其他五位教育委员联名发布了声明，表示这项条例通过的话，他们将集体辞职。此外，我在大阪也参与创建"反对！'大阪府教育基本条例案'100人委员会"这一组织，展开了各种反对运动。关于这一系列动向以及原方案被修正后的结果，除了前述提及的中西先生的著作外，我在2012年出版的《大阪的教育改革实证录》一书中也有详细描述，欢迎各位读者翻阅。

举其中一个例子，关于"连续3年招生人数不足的府立高中将被废校"这一提案，最终被修正为"连续3年招生不足且无法得到改善的情况下，将对学校进行重新编制"。虽然两者看起来相似，但"重新编制"这一表述包含了重组学科等单项改进的内容，与最初提案中的"（自动）废校"有很大区别。

在前述著作中，我还作出了以下评论：

> 如此，维新会和大阪府教委之间围绕《教育基本条例》展开的"战斗"可以说迎来了"不分胜负"的结局。坦率地说，2011年11月27日的双重选举结束时，我并没有想到会有这样的结局。我对维新会的初步方案过于悲观，认为它几乎会原封不动地被通过。"锐意进取"的维新会采取了引人注目的"立技"[1]，而"老油条"的府教委则以巧妙的"寝技"[2]应对，把比赛拖延到了加时赛。（志水，2012年，第48页）

引文中提到的"双重选举"是指大阪府知事选举和大阪市长选举在同一时间进行，大阪府知事桥下调任为大阪市长，而大阪市长松井则参选了大阪府知事。两位都取得了压倒性胜利，难怪维新会更确信"民意在我们手中"。松井担任大阪府知事几个月后，中西教育长因达到退休年龄而离职。下文是从其卸任致辞中摘取的一段：

> 这项工作让我再次感受到教育的力量，这种力量能挖掘出在不同环境中成长的孩子们的潜能，进而培养他们无限的可能性（中略）。而现在孩子们身处的环境越来越恶劣，面临的问题堆积如山，其中也包括对教育委员会制度的重新审议等，这些都面临着重大的转折。我衷心希望今

---

[1] 立技，柔道术语，指在站立姿势下摔倒对方。
[2] 寝技，柔道术语，指在非站立姿势下使用的技巧。

后知事和教育委员会、大阪府和市町村、教育委员会和教学一线都能加强紧密合作，尤其希望教师们能够心往一处想，努力支持所有孩子的学业，使大阪的教育能够持续不断地发展壮大。（中西，2020年，第174—175页）

中西先生的发言以期望教育行政相关各方"加强合作"作为结尾，他的话语也传达出了"教育行政难以在四面楚歌的环境中发挥作用"这一信号。

接下来出场的是桥本光能。与中西先生从大阪府厅这一重量级政府部门转入教育委员会不同，桥本先生是从府立高中这样的教学一线崭露头角，并最终升到了教学一线的最高职位。桥本先生从1999年开始在大阪府教委任职，2011年至2013年的2年间曾作为校长回到学校工作，之后在2013年重新回到教委，历任高等学校课长、教育振兴室长，2017年起担任了2年的教育监。

桥本先生是重视公正原则且投身于大阪教育的人。对于大阪的现状，他有如下看法：

我觉得过去10年间新自由主义席卷了教育界。桥下先生成为知事是其中一个重要因素，维新会在议会取得多数席位也是重要原因。私立学校实现了部分费用减免，公立学校和私立学校的配额制也被取消了。但我认为最重要的因素还是条例的制定，废除了高中学区，又引入了绝对评价制度的成绩测定。每年都在不断进行新改革，这些都是原因。说到底，对教师不信任，对学校不信任的问题一直存在，刚好又是桥下先生上台以他的方式来做事，他也是一个不喜欢学校的人。（摘自2020年12月25日的采访）

尽管地区和各个学校的情况有所不同，但日本学校的教师组织基本上是水平架构的，即每个教师从任职阶段开始就被认为已"独当一面"。从学生和家长的角度来看，所有的教师都是"老师"，无论班主任是资深教师还是新人教师，都被平等地称为"班主任老师"。相比之下，教育行政是一个完全不同的世界，是由纯粹的政府机构来维持运转的。和其他部门一样，教育委员会也有从上到下的命令系统。在这个体系下，教育行政人员在某种程度上不得不成为"唯命是从"的人，因为严格执行自上而下的指令是他们作为"公务员"的职责。

从教学一线调到教育委员会的教师们在面对职场环境的变化时，几乎每个人都无比困惑。对于满腔热情的桥本先生来说，这种压力尤为巨大。桥下知事一直试图强行推进新自由主义政策，反复提倡"这个也要做，那个也要做"，这对成了他"部下"的桥本先生来说，无疑是一段倍感煎熬的日子。

对本章节的主题，即卓越性和公正（后文引用的他的文章中也称为"公平性"）之间的挑战，桥本先生是如何理解的呢？以下是他的一段文章，简洁地表达了他的观点：

> 卓越性和公平性并不是彼此矛盾的。因此，注重升学的高中只将卓越性作为使命，注重毕业出路多元化的高中只将公平性作为使命，都是不可取的、目光短浅的做法。

> 我们追求的理念核心应该是所有学校都最大程度地发挥每个学生的潜力，使每所学校都成为"值得入读"的学校，同时也是追求高水平的卓越性和公平性的学校。（桥本，2018年，第17页）

他的观点非常明确。"高水平地追求两者"正是桥本先生的理念。

桥本先生在大阪府教委施展拳脚的时期推出了名为"培养全球领袖的高中"的项目，也是在学业和升学方面追求卓越性的先行政策。大阪曾经实施过9个学区的制度，以每个学区的顶级学校为中心，选出了10所学校进行重点支持，引领大阪其他公立高中的发展。另一方面，桥本先生也倾注了很多精力来推动"赋能之校[1]"的发展。所谓"赋能之校"可以理解为"以支持学生'重新爱上学习'和'自立'为目标的高中"。以2015年的3所学校为开端，目前已经有8所学校被列为"赋能之校"了。桥本先生表示：

> 维新会、自民党等保守势力占压倒性地位，所以大家都朝着卓越性方向前进。重视英语如此，指定10所高中进行名为"培养全球领袖的高中"亦如此。这当然很重要，我并不否认。但是，站在大阪府教育委员会的角度

---

[1] 原文为"Empowerment School"（エンパワメントスクール），日本教育领域的一个术语，指一种强调学生自主学习和发展个人潜能的教育模式。这种模式着重于激发学生内在的动机和能动性，让他们参与到学习过程中，并通过自主学习来培养他们的能力和技能。

上，我必须要表达两个原则都重要的立场。

我当课长的时候就有对预算发表评论的权限，可以说在有关卓越性的政策上花了很多钱，所以我也试着把支持困难学生的政策纳入预算。比如，我最想做的是增加"赋能之校"，那是一个相当大胆的尝试。我们把每学年的招生规定在35人，同时大幅调整了招生方式。本来计划是在10所学校都实施起来，但实施到第8所学校的时候暂停了。最近的招生情况让我有点担忧，虽说每所学校的情况不尽相同。

我有自己的原则。以前高中采取的是合格者主义，这个主义奉行的是通过纸上考试挑选能完成一定学业的孩子的方针。但有些孩子在小学低年级会遇到学习困难，于是我提出："在小学遇到困难的孩子，请到这些学校来！"当然有人提出批评意见，说"如果是这样，那所谓赋能之校不就被贴上了标签，成了学渣聚集的学校了吗"之类的话。但是，我认为与其和闲言碎语纠缠，不如多做一些实事，尽量减少掉队的孩子。为此我们配备了丰富的人才，重视各种体验活动，完全不同于传统的坐在教室学习的方式。当时的教育长也对我说，去做吧。（摘自2020年12月25日的采访）

"培养全球领袖的高中"这一项目成了支持府立高中卓越性的堡垒，"学校赋能"又体现了大阪一直重视的公正概念，这两者都是桥本先生作为教育行政官员的重大成就。这一时期又与之前提到的中西教育长的任期刚好重叠。中西先生和桥本先生携手应对奇特的政治家桥下提出的"难题",坚持不懈地找到了最适合大阪的"解决方案"。

桥下知事任职以来已过去了十几年时间。最初很多人认为维新会的人气迟早会下降,可实际上并没有。在大阪,维新会的人气已深深扎根,2021年的众议院选举结果显示,维新会的候选人赢得了大阪19个小选区席位的大多数选票,进一步巩固了其在大阪府的"执政"地位。

对教育界而言,这意味着逆境时期还将继续。作为大阪府中心的大阪市,在当时转任市长的桥下的强烈要求下,2014年开始实行择校制度。正如本书第四章引用的西成区的案例所示,择校制度会将学校分化为"胜组"和"败组"。新自由主义教育政策背后是家长主义,无视公正原则,也就不可避免地加剧了不平等。很多人对此做出了负面评价。真希望能有继承中西先生和桥本先生理念的教育行政官员出现在大阪。

5. 新的突破口——关于《教育机会确保法》

《教育机会确保法》

让我们将目光再次转移到国家的教育政策上。

第一节和第二节中提到,自 1990 年代之后,日本的教育政策在家长主义不断加剧的背景下,新自由主义的色彩也愈发浓烈。基本方向一直在朝此发展。尤其是 2007 年"全国学测"开始后,对卓越性的重视程度达到了前所未有的地步。在这种情况下,公正原则又被置于何地呢?

根据我们的研究,尽管全世界各地学习能力的竞争都很激烈,许多国家在追求卓越性(即注重提高学生的学习水平)的同时也追求公正原则(即缩小学生的学习能力差距)。相较而言,日本在这方面的努力迟缓得让人震惊(志水、铃木编,2012 年;志水、山田编,2015 年)。所以今后日本教育界亟待解决的课题中,应该被排在最优先位子上的是缩小各种教育差距,其中最核心的就是学习能力的差距。为应对这一问题而于 2016 年颁布的《教育机会确保法》一度引起了大家的关注。

这一法案的正式名称是《关于确保义务教育阶段等同于普

通教育的教育机会的法律》。该法案是由自民党、公明党、民进党（当时）等跨党派议员提出的法案，据说前文科省事务次官前川喜平在其实现过程中发挥了重要影响（前川，2018年）。正如该法案名称所示，其目标是确保每个人都有获得"义务教育阶段的普通教育"的机会。我个人认为，关西出身的前川喜平是文科省官僚体系中的一位格外注重公正原则的人物。正是在他担任国家教育行政负责人期间，这一独特的法案才得以通过。

然而，各位读者可能会疑惑，现在还有无法接受义务教育的人吗？事实上真的有，而且这是当下的日本面临的严峻事实。那究竟哪些人呢？具体来说，这些人可能是"拒绝上学的孩子"，或者是一部分"外国人"。

这一法案通过的背后离不开自由学校和夜校的相关工作人员的推动。自由学校是不适应普通学校环境的孩子们学习的地方的总称，其中主要就是拒绝上学的孩子。而夜校则主要指未能接受足够教育的在日韩国人利用公立中学的校区和教室，在夜晚进行学习的地方的总称。

自由学校的相关工作人员认为，国家应该认可无法或不愿去普通中小学校的孩子多样化的学习方式，正是这一立场推动了这一法案的通过。虽然现在入读自由学校的中小学生可以拿到与常规中小学校一样的毕业证书，但自由学校的相关人士强调，这些孩子的学习内容也应该与常规学校一样受到同等重视。

未被充分保障的少数群体的"学习权利"

另一方面，夜校相关人士也在呼吁这一法案要进一步对夜校加以完善，他们的出发点是基于保障地方上拥有各种立场的居民，尤其是外国人接受义务教育权利的立场。当前的日本法律认为外国人无需接受义务教育，态度大概是"如果你想上学，可以选择上学"。这种选择本质上更像是一种给予的"恩惠"，用更严厉的措辞来说，在日本，外国人在学校学习的权利并没有得到充分保障。

不得不说，"保障多种学习场所"和"保障公立学校中的义务教育"这两者之间存在着一定的对立，但有了《教育机会确保法》做后盾，二者可以以一种"同舟共济"的形式取得平衡。

从国家教育政策的过往发展来看，这一法案的出发点可以说极为特殊，因为它是从所谓"少数群体"的利益出发来寻求公共教育体系的完善和扩充。然而，从某种意义上说，这一法案也是必然会出现的时代潮流的产物。在家长主义的背景中，"胜组"和"败组"之间的差距以一种无法阻挡的势头持续扩大，这自然会引起中央政治家和教育行政负责人的危机感，虽然动作显得有些迟钝，但总算行动起来了。另外我们不能忽视的是少数群体"从底层发出的声音"，他们在这样的大环境下终究难以享受公共教育系统的福利。

如前所述，现代教育行政需要采纳各方意见，从而取得平衡，把握前行的方向。找到最佳解决方案当然非常困难，或许我们能做的只能是在当下找到比之前更好的办法，再稳步积累经验。毕竟孩子们的未来都寄托在掌舵人掌控的方向上。

第六章　摆脱家长主义的道路

1. 导言

我们还能做什么

在第二章到第五章的章节里,我们分别从"孩子""家长""学校和教师""教育行政"这四个群体的角度阐明了现代家长主义的不同侧面。我试图尽量加入更多维度来描绘它,但不知这一尝试是否奏效。各位读者对家长主义的现状感受如何?又对此如何评价呢?

有一种观点认为,家长主义的社会是曾经贵族社会的"翻版",即一个人的人生已经被出生和家庭背景决定好了。我绝不认为这是一个理想的社会。正如我在第一章所述,要超越贵族社会(即身份制度的社会),必须创建精英社会(即以个人能力和努力为主导的社会)。我们一直在朝这个更好的社会前进,可同时也带来了家长主义的社会现实这一结果。这是多么讽刺的事实!对"能力和努力"的尊重,反过来又创造出一个名为家长主义的全新身份制度的社会。

当然,我们不可能真的回到以前的贵族社会。只是,如果我们一直采用贵族社会的原则,对此毫不批判,任由家庭出身

来决定孩子们的命运，那么我们也将不可避免地面临无情的家长主义社会的到来。

话虽如此，这场比赛还胜负未决。为了避免一头冲向家长主义社会的终点，我们还能做些什么呢？本章主题将聚焦于此。

我想先从学校教育与人之间的关系这一视角来重新回顾日本社会的历史。请读者参考图表6-1。

图表6-1 人与学校教育之间的关系

~1945年 \<can的时代\>	有条件的人才能上学
1945年~ \<should的时代\>	尽量让所有人都能上学
1970年~ \<must的时代\>	必须让所有人上学
1990年~ \<may的时代\>	不去上学也可以
2010年~ \<will的时代\>	只去想去的地方上学

图表6-1 人与学校教育之间的关系

这是我脑海中某一瞬间浮现出来的图表。我用了5个英语助动词来体现人与学校教育之间关系的变化。

我们可以把二战结束之前的时代称为"can 的时代"。这样的时代里，只有富裕阶层和特权阶层的孩子才能享受到上学的福利。战前时期的中等教育入学率约为20%，高等教育入学率甚至只有百分之几。战后到1970年前后的时代可以称为经济高速增长时期，也可以称为"should 的时代"。中等教育和高等教育的入学率在这个时期迅速提高，当时的目标是让尽量多的孩子尽可能长时间地接受教育。很快，这一时代的后半期里中等教育几乎完成了普及，高等教育也迎来了大众化（升学率约为40％）。这是1970年代的事。这个时代希望每个孩子都升上高中，我们可以称之为"must的时代"。那时辍学现象被视为"偏离正轨"，甚至出现了一种社会倾向，会给那些不能满足时代期望的孩子打上不好的"烙印"。

变化发生在1990年代。正如之前提到的，这时期产生了"家长主义"的概念，新自由主义风潮也在这一时期蔓延。在日本，之前被称为"拒绝上学"的现象被赋予了"不登校"这一说法。之后，"不上学也是一种选择"开始被视为合理。这标志着"may的时代"的开启，这一时期还出现了各种类型的多元化学校，也强调选择的自由。从2010年前后到现在，可以称为"will的时代"。在这一时期，家长和孩子们的"意愿"（will）得到了尊重，他们可以自己选择是否上学，上到哪个阶段，以及选择去哪所学校上学等。不过，当下过于强调多元化和选择的自由，也导致那些"没有能力做出选择"的群体的行为被合理化了，可实际上这都是其他群体"选择"后的结果。换句话说，他们不好的情况往往被视为"自己的责任"，从而忽视了社会或系统方面存在的问题。

在接下来的内容中，我将按照以下思路探讨如何朝着摆脱家长主义的道路前进。首先，在第二节中，我将再次请大阪大学的学生出场，介绍他们想到的可以弱化家长主义的方法。在此基础上，第三节将探讨"拼家长的实际情况"，第四节将涉及"家长主义的理念",我将围绕两点展开一些自己的思考。前者包括学校教育的内容以及教育行政的问题,后者则涉及整个社会的问题。最后的第五节作为总结,我将提出一些方案,重新审视公共教育在人类幸福方面发挥的作用。

2. 大阪大学学生提出的解决方案

学生们的回答

第二章中,我在自己执教的大阪大学对学生们亲身经历的"家长主义的体验"进行了探讨。具体来说,我让学生们就几个话题撰写了文章,从中挑选了几篇做了介绍,其中最后一个问题是:"怎样做才能弱化家长主义呢?"我在这里简单整理了一些回答。

对众多回答进行分类后,我发现以下五个主题相对突出:

① 在经济上支持困难阶层
② 在文化和社会关系方面支持困难阶层
③ 相对弱化家长的影响力
④ 重新审视学校教育的实质
⑤ 改变社会的观念和价值观

比较醒目的观点是通过支持处于教育等级金字塔底层的群体(即困难阶层)来缩小社会差距。而这类意见又大致分为了两类,即①经济支持和②其他方面(文化或社会关系方面)的支持。我们先来列举与①相关的意见。

① 经济上支持困难阶层

(a) 需要采取必要方案来解决与教育脱钩的收入差距和贫困问题。

(b) 要想帮助经济困难群体接受高等教育,需要加强奖学金和免除学费的政策。

(c) 必须支援那些无法主动选择教育的群体,让他们能够有选择教育的机会,例如推动高中的完全免费化等。

这一点无需过多解释,毕竟经济支援是第一步。

② 在文化和社会关系方面支持困难阶层

(d) 政府可以通过建立一些制度,在行政上对处于社会下层的家庭进行物质和经济上的支持,帮助他们积累社会关系资本,然后促进各阶层之间的相互帮助。

(e) 对于家庭中没有文化资本的群体,学校和儿童馆可以提供更多机会让孩子接触乐器、书籍、艺术等,并在小学高年级提供接触多样化职业和价值观的机会。

(f) 我认为不应该限制"利用教育的人"和"能选择教育的人"的自由和选择范围。重视家长的自由和选择也就意味着重视孩子的自由和选择。另一方面,通过给"不能接受教育的人"赋能,可以确保他们和"能接受教育的人"一样在不受限制的情况下做出选择。

(g) 我认为"公立学校"可以成为解决问题的平台。对于在家庭等学校以外的环境中难以得到学习支持的孩子,要对他们敞开学校的大门。

(h) 虽然父母有权决定如何培养孩子,但这不应成为侵犯孩子自由的理由。对此有必要发挥公共教育提升教育基础的作用,至少可以拉一把那些感觉自己"跌入谷底"而深陷苦恼的孩子。

(i) 有些儿童没机会得到足够的教育投资,要想提升他们受教育的效果,可以引入ICT为孩子提供更合适的教育内容。

(j) 对于掉队的学习能力较差的孩子,可以给他们提供课外辅导和学习指导对他们进行学业方面的支持,也可以通过任命他们做班长和有责任感的工作等方式来提高对自己的肯定度。

(k) 要创建一个环境,让包括贫困阶层的孩子在内的所有人获得高质量学习指导的机会,也能有渠道接触自己感兴趣的领域。

(l) 要给那些没能力做选择的群体提供必要的教育,让他们敢于追求社会阶层流动。同时也需要NPO、社会工作者、教育工作者、家庭和社区的共同努力来支持帮助困难阶层。

这一方面我收集了较多提议。"社会关系资本"(d),"文化资本"(e),"赋能"(f)等重要的关键词都是我在课堂中多次提到的学术用语,用更通俗易懂的话来说,"社会关系资本"指"人际关系带来的资源","文化资本"指"为了取得成功在学校积累的文化素养以及父母的学历","赋能"指"觉察到自身潜力,进而发展出自己的各种能力"。

与重视"公立学校"(g)和"公共教育"(h)所发挥的作用的观点相同,也有学生提出了支持课堂之外、校外学习的意见(j、k、l)。

③ 相对弱化家长的影响力

第三点似乎是只有大阪大学这样的学校才会出现的情况。如第二章中所述,有些大阪大学的学生苦恼于父母强势的影响力和干预,甚至可以说在他们的成长过程中,"如何从父母的束缚中解脱出来"是必须面对的人生课题之一。大多数大阪大学的学生都处于教育等级金字塔的上层,但他们也有自己要面对的"苦恼"。

(m)为了减弱父母的干预和影响,我建议在家庭外创造一些机会,让孩子了解除了父母准备的选项外,还有很多其他选择,或者增加他们高中毕业后的学校选择。

(n)我觉得父母应该充分预留出和孩子好好交流的时间,这样才能更好地尊重孩子的意愿。此外,父母不应该只提供已经锁定的选项,还要公平地展示所有待考虑的选项。父母也应该为自己重新学习而挤出时间。

(o)为了让孩子感觉自己没有被"强迫",我觉得有必要向其展示出各种不同的选择。

(p)我觉得需要扩充来自父母之外的信息来源,比如在学校进行关于补习班和升学考试的说明会等。但仅仅提供信息也难以缩小学生间的差距,还需要在家长会这样的场合中提供交流的机会，一起探讨合理的学习习惯，也可以促进父母之间的交流。

（q）我觉得有必要创造"与他人相遇"的机会，哪怕这只能缩小家长主义带来的一点点鸿沟。我觉得与父母以外的人，特别是与成年人交谈是很重要的事情。

上大学后，我在与许多人的邂逅中拓展了自己的视野，能从更宽的认知中思考问题，也更强烈感受到作为成年人的责任感。

（r）我觉得有必要减弱学校教育的权威和作用，扩大社区教育所承担的作用。老年人在教育上有更宽裕的时间、精力和经济条件，可以增加这些老年学习者，反过来也能创造出更好的社区教育和非正式教育的环境。

在这里，提供来自父母之外的"选择项"（m、n、o）似乎成了出现最多的关键词。为了实现这一点，有同学提出了一些建议，如"促进父母之间的交流"（p）、"与他人相遇"（q），以及"社区教育"（r）等。

④ 重新审视学校教育的实质

上文提及的①和②主要针对身处"金字塔下层"的群体，③主要针对身处"金字塔上层"的群体，而接下来④所提出的意见则希望能改变所有孩子"在校学习"的方式，不仅仅锁定在某个特定群体。

（s）我觉得需要充实公立学校的学习内容。如果课程设置能让每个人在自己擅长的领域发展，而且能调动所有人的积极性的话，推进之后自然会减弱考试成绩在教育里的比重吧。

（t）我认为除了学习，对多元化的理解、与他人的交往方式以及拓宽视野也是教育中的重要因素，如何促进大家改变观念是很重要的事情。为此可以考虑在学校引进教师之外的人才，同时促进学校之间的交流等。

（u）学校是感受"有不同的人存在"的地方，我觉得有必要强化大家对这一点的认知，在这里"发现自己想如何生活，如何享受人生"。

（v）我认为需要进行人权方面的教育，在学校里创造一个环境让孩子们切身感受到世界上生活着多种多样的人，有着和自己不一样的想法，这方面要多花些心思。

（w）除了学术，如果学校还能成为学习其他事物的地方，那么评估成绩时也不应仅仅以学术成绩为判断标准，而是应该像芬兰那样注重每个个体的特点。

以上观点包含了"让每个人在自己擅长的领域发展，而且能调动所有人的积极性"（s）、"对多元化的理解、与他人的交往方式以及拓宽视野"（t）、"有不同的人存在"（u）、"感受到世界上生活着多种多样的人，有着和自己不一样的想法"（v）等，还涉及改变成绩评判的标准（w）等，我觉得都是合理的观点。

⑤ **改变社会的观念和价值观**

最后一点将从更广泛的视角对社会运作方式和人们的思考

方式做一些评论。

（x）社会普遍认同的观点是"更好的教育等同于在新自由主义社会中培养出脱颖而出能力的教育"。我们有必要先对这个社会通识重新进行审视，因为仅仅改变教育可能无法带来根本性的变化。

（y）把公立学校变成"更好的学校"就很难了，更难的是如何让人们认识到"更好学校的定义"的多样性。

X同学指出，"如果不改变'培养出在竞争激烈的社会中胜出的能力，就是更好的教育'这一社会普遍认知，仅仅改变教育无济于事"，这一观点很尖锐，但我认为所言极是。Y同学说的"让人们认识到'更好学校的定义'的多样性"本质上也是同一个意思。他指出，如果社会不发生变化，教育的改变也是有限的，我认为这个说法是对的。不过，教育本身的改变也能成为改变社会的重要契机。

以上是大阪大学学生的心声。接下来，我将展开一些自己的思考。

3. 如何改变拼家长的现状

差距扩大的过程

"家长主义"这一概念是英国教育社会学家布朗提出的。我在第一章介绍过布朗理论中关于"家长主义"的两个侧面,"作为实际情况的一面"(拼家长)和"作为理念的一面"(家长主义)。在这里,我将对这两方面分开进行讨论。首先讨论前者,即"拼家长的实际情况"。

在第一章中,我们用了三个关键词,即①二代化,②血统化,③差距扩大化来体现了实际情况。其中①的二代化现象指各个领域中被称为"二代"的人不断增多,②的血统化指社会更注重出身好坏,③的差距扩大化指各种差距不断扩大的现象,尤其是教育领域。考虑到三者之间的关系,我们可以认为①和②是③存在的基础。因此,我在这里将焦点集中在③提到的教育领域的差距问题。

如果用公式对差距扩大化问题进行呈现,我们可以得出下面的结论:"家庭条件差距导致了学习能力差距,进而产生了学历差距,结果进一步扩大再生产了最初存在的家庭条件差距。"如果用图来表示，即如图表6-2所示。

```
┌─────────────────┐
│  家庭条件差距1   │
└─────────────────┘
         ▼ 过程A
┌─────────────────┐
│   学习能力差距   │
└─────────────────┘
         ▼ 过程B
┌─────────────────┐
│     学历差距     │
└─────────────────┘
         ▼ 过程C
┌─────────────────┐
│  家庭条件差距2   │
└─────────────────┘
```

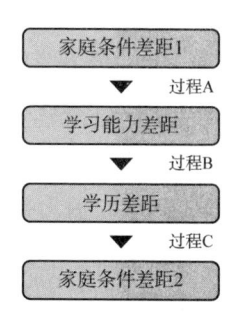

图表6-2 家庭环境差距扩大化的过程

图中所示的差距化过程可以分解为三个箭头的合成结果。"过程A""家庭条件差距带来了孩子们学习能力差距的过程"，"过程B"代表"学习能力差距产生学历差距的过程"，而"过程C"代表"人与人之间的学历差距进一步带来了家庭条件差距的过程"，这些结合在一起就完成了教育差距在代际间再生产的结构。

正是因为这种差距化的过程不断被强化，才出现了当下被称为"父母盲盒"的现象，而且这一现象表现得越来越显著。我想在这里探讨的主题是如何减缓这一过程，哪怕只是减缓一点。

我将分三个部分依次进行讨论。

首先是过程A，即家庭条件差距带来了孩子们学习能力差距的过程。我认为这里最大的问题是"如何对困难阶层进行支持帮助"。

说到缩小学习能力差距，许多人很容易想到缩小会学习的孩子和不会学习的孩子之间的差距。要实现这一点，我们有两个选择，一是提高成绩差的孩子的分数，二是压低成绩好的孩子的分数。前者是合理的方法，后者当然是不合理的做法，也不可行。成绩好的孩子很可能越来越优秀，导致两者之间的差距进一步扩大，但我认为这并不是本质上的重要问题。问题在于"如何支持成绩不好的孩子"，因为帮助他们扎扎实实地获取日后在生活中所需的知识、技能，以及帮助他们形成价值观和人生态度等十分重要。同时，这也是重视公正原则的公共教育的第一使命。

家庭条件的不同如何影响孩子们学习能力差距一直是教育社会学的一个重要课题。过去20年间，我也一直在从事这方面的调查研究，探索了很多实际情况和改善方案。围绕着如何理解"家庭条件的不同"，至今依然存在许多争论，但最广泛使用的理论框架之一是布尔迪厄提出的，上述大阪大学学生的意见中也有提及。这一理论框架将家庭条件视为父母拥有的"经济资本""文化资本"和"社会关系资本"三者的结合。因此有观点认为，要想支持那些（不能享受足够资本的）困难阶层的孩子，有必要通过学校和校外活动的作用提升他们能接触到的经济、文化和社会关系资本的质量和数量。换句话说，通过经济支持、改善文化和教育环境、加强孩子所处环境的人际关系，可以给他们赋能，进而带来学习能力上的提升。

接下来是过程B，即学习能力差距产生学历差距的过程。我在这里想探讨的是个有些陈旧的说法，关于"如何改变偏差值一刀切体制"。

在现代社会几乎所有的国家中，一个人就读于哪所学校及在教育体系中读到什么阶段，很大程度上取决于个人的学习能力，因为几乎所有国家都采用了精英制度。但与其他国家相比，日本社会中学习能力高低与学历之间的相关性似乎更强。正如大阪大学学生的文章中所提到的，拥有较高学习能力的孩子半自动地沿着父母预先铺好的人生轨道前进，最后进入高偏差值大学的概率会更高。换句话说，日本社会里，学习能力高低更能决定一个人的人生道路能走多远。

正如大阪大学的学生告诉我的，如果他们在读大学之前通过学校教育，或者通过社区等场合与他人的交流接触到更多关于职业、工作和人生的各种丰富的"选项"，他们或许能在真正意义上行使"选择的自由"。我们也希望能创造一个社会，让拥有较高学习能力的孩子即便不去读大学，也可以不被周围的压力淹没，同样，在某个阶段学习能力表现不够好的孩子如果在某一瞬间起了兴致，也能得到接受高等教育的机会。然而，学习能力和学历不相关的社会在当下的时代是难以想象的。只是平心而论，像日本这样把二者如此紧密地绑定在一起的社会也实在让人窒息。真希望能创造一个减弱这种紧密关联的教育环境，让孩子们不再被周围的压力所束缚，得到更多理解，也能让孩子们自己做出对未来的选择。

最后是过程 C，即人与人之间的学历差距加剧了家庭环境差距的过程。坦率地说，这部分是最为棘手的，但这也是家长主义的核心部分。

其实，真正导致家长主义出现的是父母"希望孩子过上幸福生活"的夙愿。这个愿望从广义来说是我们作为动物的本能，是相当普遍的想法。希望孩子幸福是正常的，毕竟没有父母会希望自己的孩子不幸福吧。

问题在于幸福是什么，以及如何才能获得这种幸福。从最大公约数来说，现代日本社会往往认为"经济上能过稳定的生活"是幸福的基础。而且大众也普遍认为这种生活是通过"考上好大学"带来的。当然，也存在许多反例。如果进行详细调查，完全可以找到反驳这一说法的证据。然而问题是许多人仍旧顽固地相信这一点。

或许他们觉得高学历的人过着相对富裕的生活，而这种生活也被认为是高学历带来的。于是从结果来看，人们自然希望自己的下一代（子女或孙辈）能获得尽可能高的学历。这种愿望成了家长主义的原动力，因为高学历家庭的文化资本水平较高，这些资本也将通过家庭中的育儿和教育传承给孩子。经济资本，尤其是为了教育而注入的经济资本是其中很重要的一部分。父母拥有的社会关系资本（人际关系和社交网络）也在孩子的教育中经常被动用到。因此正如家长主义的定义所示"选择＝家庭的财富＋父母的期望"的公式由此成立。

对于非高学历的人来说，这本质上是一场"劣势战"。因为他们拥有的财富是有限的，而且这一群体中怀有"让孩子拥有高学历"这样的教育愿望的人原本也就不多（当然也有心怀强烈抱负的人）。但问题是，只要"以学习成果论输赢"这种游戏规则没有得到改变，高学历的人和非高学历的人之间的竞争将不可避免地呈现出一种"非公平赛"的局面。这就像个子较高的人在篮球比赛中更占优势一样。

如何缩小学习能力差距

总而言之，缩小教育差距的关键点是上述三个过程。其中最难介入的是最后提到的过程 C，其次是处于中间的过程 B。反过来从政策和实践的角度来看，最容易介入的是过程 A，即如何缩小学习能力差距的过程。

这里可以得出的结论是，我们应采取各种措施来最大程度地缩小孩子们的学习能力差距。此外，我们也可以通过校内外的各种努力，给孩子们多样化地呈现看重学习能力和学历之外的选择。虽然我们无法完全消除家长主义，虽然这一现象的根本在于家长一厢情愿地希望"让孩子过得幸福"，我们还是可以尽量减少其弊端，通过采取上述措施来减缓差距继续扩大的趋势。

4. 如何评价作为理念的家长主义

被置之不顾的人

接下来,让我们看一下作为理念的家长主义。我在第一章也提到,家长主义是一种尊重父母选择自由的政治立场。正如我们在各种案例中看到的,它与新自由主义的教育改革十分契合。

我们很难公开否认让教育系统充满多样性并尊重父母和孩子有选择自由这件事本身。过去,日本的公共教育系统一直被视为"唯一最佳系统"而运行,但随着时代的发展,其僵化和单一性开始受到质疑,1990 年代以来,随着"尊重个性"和"多元化"等口号的提出,政策逐渐被放宽,也出现了各种不同类型的学校和教育内容。

与这一趋势相背而行绝非易事。只是这样发展会导致公共教育和以补习班和兴趣爱好班为核心的私立教育之间的界限变得越来越模糊,公共教育的意义也开始变得不明确,不得不说这是自然而然产生的弊端。简而言之,所谓多样性和尊重选择的自由等理念其实变成了精英阶层的一种措辞,用来掩盖他们追求个人欲望的本质。对此，创造了"家长主义"一词的学者英国的布朗也用"家长主义理念的意识形态作用"这一表述来描述这一现象。公共教育本应该向所有人敞开大门，让每个人都能享受到其福利。然而现实中大家被分为了"受益者"和"受害者"，而且这一倾向越来越明显。

如前文提到的，与其说家长主义与当前主流的精英主义原则是两回事，不如说把前者理解为后者进一步发展的结果更为合适。换句话说，当今的日本社会是一个高度强调个人能力和努力的社会，但这里"个人的能力和努力"很大程度上受制于家庭条件，也取决于父母的财富和愿望，于是成了拼家长的社会。在这个社会中，与"有能者"相较处于光谱另一端的群体，即那些被视为"无能力"或"不努力（没条件努力）"的人一直受到低估，甚至被置之不顾。这就是日本的现实。但是这一现实必须得到纠正。

平等主义

与精英主义相对的理念是"平等主义"（Bellanca，2019年）。平等主义的观点把人类的绝对平等视为目标，旨在实现所有人都拥有相同政治权力的政体（《社会学小辞典　新版》，1997年，有斐阁，第592页），日语中也翻译为"万民等权主义"。简单通俗地说，这一理念指向的是每个人都能得到尊重，每个人也都拥有平等发言权的社会，也可以将其理解为近似于民主主义的理想的东西。

现实中我们或许很难想象平等主义的社会是何种模样。小规模的原始共同体另当别论，但在当代全球化的大规模民族国家中，是否可能存在一种让"每个人都拥有同等力量"的政治形态？坦率地说，这种可能性很低。因此，平等主义更应该被看作是一种努力去实现的方向或理想，而不是现实中可实现的选项。

我在前一本书（志水，2020年）里提出，我们的目标之一是在教育场所创造一种同时尊重"有能"和"本然"的文化（志水，同上，第234—235页）。学校原本就是为了把"做不到的事情变得能做到"而出现的。从历史上看，这是不可否认的事实。只是，仅仅如此就够了吗？我认为并非如此。我们要时刻记住学校不仅是学习的场所，同时也是生活的场所。与家庭生活或社区生活一样，只要是生活的场所，就会有许多不同的人，无论他们能力如何，作为这个场所里的一员都应该受到尊重。

如果我们把这个场所限定于教室内，会发现有的孩子因为先天或后天的原因有残疾，有的孩子刚从外国来日本，日语说得不流利，有的孩子家庭贫困甚至无法解决温饱，也有孩子学习很差一问三不知，但他们都应该拥有自己的一席之地，也应该被给予某种"机会"。我也希望能培养出孩子们的意识，让他们感到这个班级中的所有人都缺一不可。我深信，这是当代公共教育的重要使命之一。

在第五章中，我介绍了公正和卓越性这两个原则。在精英主义，尤其是从中进一步发展出来的家长主义的背景下，卓越性原则往往占据主导地位。当家长考虑"让孩子上稍微好点的学校"时，"好学校"往往更倾向于指代"聚集了成绩优秀的孩子，升入好学校机会更多的学校"。我不能说这种趋势本身是坏事，或者说本身必须被纠正。但我也绝不认同对此置之不理，任由其发展。

实现公正的第一原则化和卓越性的多元化

在这里，我想提出两个方案。

首先，必须将实现公正作为第一原则。评估教育应该同时考虑卓越性和公正的双重因素，但要优先考虑公正原则，在实现一定的公正后再追求卓越性；反过来，无视公正的卓越性非常危险，这种危险对孩子们造成的影响比其他任何事情都深远。孩子们只有在所有人都被充分尊重的教育氛围中度过安全又安心的校园生活，才能充分发挥出自己的潜力。

其次，还需要追求卓越性的多元化。许多大阪大学学生自己也觉察到，一边倒地强调学业价值的卓越性是很偏颇的，也对孩子们的成长产生了巨大阴影。除了"擅长学习"，孩子们还可以有很多其他方面的卓越性，比如"擅长运动""在音乐或艺术方面很出色""通晓外语或外国文化""心灵手巧""有幽默感""沟通能力强""具有想象力和创造力"，等等。我们希望能打造出平等地尊重所有卓越性的教育环境，换句话说，希望能提供让孩子们的个性和多样性都闪闪发光的"教育"。

5. 结语

"做喜欢的事"和"与喜欢的人在一起"

我曾经写过,家长主义的核心是"希望孩子幸福"的天下父母心。但究竟什么是幸福呢?对这个问题,我的回答是:"幸福就是能够与喜欢的人在一起,同时做喜欢的事情。"

从心理学家的角度来说,"所谓幸福,就是个体感受到幸福"。无论拥有多少金钱,也无论身处多么优越的环境,如果感受不到幸福,那这个人就是不幸福的。另一方面,社会学家则认为"幸福就是能够享受到丰富多彩的生活机遇"。这里所说的生活机遇包括有机会找到好工作,有机会品尝美食等。如果一个人觉得自己很幸福,但收入微薄或身患重病,那也不能算是真正的幸福。这两者可以描述为"主观主义"和"客观主义"的对立。

我认为这两种观点都太极端,都不能算是对幸福的完整定义。我由此想到了两个关键词,"做喜欢的事"和"与喜欢的人在一起"。很多人都认为"做喜欢的事"是获得"幸福"的重要因素。但我以为,如果处在孤独的状态中,即使做了自己喜欢的事，也不能称之为真正的幸福。这就是为什么"与喜欢的人在一起"这一要素也不可或缺。这里所说的"喜欢的人"并不限于配偶或恋人，也可以是朋友、同事、亲戚、邻居等，只要是自己愿意与之共度时间的人，都算"喜欢的人"。

如此来看，只强调"考上好学校"或"接受高质量教育"重要性的家长主义社会真的能给孩子们带来幸福吗？的确，如果实现了这些愿望，孩子们就有更多机会拿到高学历，找到好工作，从社会学的角度来看或许更接近了幸福。然而不得不说，这与心理学概念的幸福仍旧相距甚远。

问题的关键还是在于"好学校"或"高质量教育"的本质。我一直认为学校的存在目的是为了引导孩子们找到"喜欢的人"和"喜欢的事"，并多方面培养他们为此而需要的能力和生活态度。仅仅把考试成绩当做目标的教育能不能让孩子们学到这些呢？不得不说答案是悲观的。要想找到人生中举足轻重的"喜欢的事"，就一定要具备广泛而扎实的"学习能力"。同时，为了遇到人生中众多"喜欢的人"，也要培养丰富的"人性"和"社会性"涵养。而公共教育的责任正在于给孩子们提供这些经历和机会，如果只教给孩子们考试所需的知识和技巧，总觉得缺少了什么。

创造机会去了解何为公正

我们现在需要公共教育中"公"的复兴，尤其需要"公立学校"为此做出努力。

在家长主义的环境中，一部分富裕阶层希望给孩子们自由选择和购买必要的教育资源。对他们来说，是公共教育（学校）还是私立教育（补习班或课外活动）是次要问题，重要的是对孩子有益。由此带来的结果是公共教育的内核被不断瓦解。换句话说，一味追求卓越性的话，公共教育中一直被重视的公正原则就会被抛弃，其本质也会被侵蚀。

重视每个个体并站在弱者立场采取行动的公正原则，对于富裕阶层的孩子们来说真的是无关紧要的吗？当然不是这样。应该说恰恰相反，对于这些将来可能在社会中发挥领导作用的孩子来说，让他们领会公正原则是至关重要的。

我真心希望能向下一代的所有孩子传达公正原则的重要性，因为他们是构筑未来的人。不仅仅是简单传达这一概念，还要确保他们在日常的学校生活中、在人际交往的过程中亲身体验什么是公正。这才是摆脱家长主义的出路。

尾 声

2023年4月。

健太仍然在追逐着棒球的梦想。

这年4月,他顺利成为了一名高中生,进入了位于北陆地区的私立K学园,以棒球队特长生的身份与队友一起入学。他们现在都住在学校宿舍里。3个年级一共有近百名棒球队成员,其中大多数是住校生。他们的教练3年前上任,来自大阪,做球员时曾跟随球队拿过全国冠军,所以被寄予了厚望。去年夏天,K学园的球队在县预选赛中成功晋级到四强,这是创校以来的第一次。加上本届三年级的球员实力超强,校友和家长等学校相关人士都对今年的比赛充满了期待,兴致高昂地说要打入甲子园。

中学最后一场比赛前健太肩部受伤,没能使尽全力,球队也距离进入全国大赛差了一步。然而,健太凭借其敏捷的动作和高超的技术,在教练的帮助下发挥自己的优势成功进入了K学园。母亲梦寐以求的愿望得以实现,她开心至极。母子俩和读高三的姐姐在春假期间一起策划了两天一夜的三人家庭旅行。目的地是伊势神宫。出发的路途上,母亲兴致勃勃地喝了罐装啤酒，兴奋之情溢于言表。健太和姐姐也十分享受这次出游，印象中这可能是第一次家庭旅行。第二天，健太就入住了学校宿舍，之后一头扎进棒球生涯。这正是他所期望的。

　　健太的梦想是以后成为职业棒球选手，这也是母亲的梦想。进入 K 学园算迈出了实现梦想的第一步，接下来的道路才更关键。K 学园的棒球队分为 A 到 D 四个级别。健太作为特长生目前是 C 队成员，他的目标是提高成绩，努力晋级到 A 队，然后在甲子园大放异彩。周末训练比赛的时候，母亲会专程开车从大阪赶来为他加油打气，每次也都让健太进一步下定决心："一定要为了妈妈更努力！"

　　里绪给自己定的规矩是每天在家学习的时间不超过 2 小时。一旦超过时间，他就不再看学校的内容。最近他读英文原版小说或者弹奏南美民族乐器来度过学习之外的时间。

　　他最终还是放弃了寄宿制学校，选择了可以从家里走读且偏差值更高的私立高中，理由似乎是他觉得住校会有太多的限制。他并没有经历太艰辛的备考过程，最后也很顺利地通过了入学考试。回到家里的时候，里绪看到爸妈都喜上眉梢。遗憾的是，小铁已经不在了，去年底因为衰老而去世。里绪知道狗的寿命本就短暂，但小铁是他从小的兄弟，这种离开的失落感还是很沉重。但如今的里绪觉得，不养宠物也没关系了。可能是因为他已经是一名高中生了吧。

　　春假期间，母亲带他去九州旅游了 1 个星期。最初的计划是去欧洲，但因为新冠疫情去不了，只能往后推迟。他小时候跟着父母去马来西亚和印度尼西亚玩过，欧洲还是第一次有机会去，所以非常期待。不过疫情确实没办法。带里绪去自己留学过的德国和临近的法国似乎是母亲长久以来的心愿。虽然不知何时能实现，但全家人都期待着这一天。这次的旅行路线是从福冈到长崎和熊本，所有地方都是里绪第一次去，也玩得很开心。遗憾的是父亲因为工作繁忙没能和母子俩一起去。

里绪当下初步把东京大学理科一类定为自己的目标。那里是父亲毕业的地方，也是父母的期待所在。他自身也有模糊的想法，想考入工学部，将来成为像父亲一样的工程师。但他喜欢阅读，更擅长语文和英语。他还喜欢弹奏乐器，对很多其他东西也感兴趣。最后能不能顺利踏上理科的道路，坦白讲，他自己也不确定。不过，还有时间。进入新的高中后，他希望能找到适合自己的发展方向。

桥下彻当选大阪府知事的那一天，也是健太和里绪出生的日子，两个孩子现在都 15 岁了。过去几年里，世界因为新冠疫情和俄乌战争而变得混乱不堪。未来的世界如何，地球将变成何种模样都是未知数。在本书的结尾处，我发自内心希望健太和里绪的未来都能闪闪发光。

后　记

健太和里绪的故事其实是虚构的。

我试着把最近听到看到的信息组合成了这些故事。各位读者身边想必都有健太和里绪这样的少年吧，当然也可能没有。不管怎么说，这并不算什么离奇的故事。在当今社会中，他们是非常"普通"的人，但他们的人生的确不太可能有什么交集。这就是家长主义社会的现实。

我写这本书的契机来自朝日新书编辑部的大崎俊明先生。他阅读了我去年出版的《两极分化的学校》后直接给我发出邀请，希望我写一本名为《家长主义》的新书。可以说，本书是来自大崎先生的策划案。

我完成前一本书时，曾以为自己暂时不会再出单著了。原因是2020年疫情以来的1年多时间里，我连着出版了3本书（另外两本书的题目是《消除学习能力差距》和《教师的底气》），感觉自己手头没有更多素材了。但我一听到"拼家长"，还是忍不住动了笔。我把大崎先生的策划案调整为更适合自己想法的内容，最终完成了这本书。写作时间是2022年1

月到4月，当时疫情已经进入第三年，全世界都还处于困惑和焦虑之中。如果没有大崎先生的邀请，我做梦也不会想到自己会写这个主题的书。所以我很想在这里表达对大崎先生的感激之情，感谢他为我提供机会的一片厚意。

在写书或论文时，我习惯围绕主题来调整书稿的风格和重心。这次，我想尽量立体、多角度地描绘家长主义、"父母格差"社会的实际情况。最终，我决定从孩子、父母、教师（学校）、教育行政负责人四个群体的视角进行描述（第二至第五章）。

此外，我还希望尽可能多引入当事人的声音。然而，由于没有时间进行系统调查，我只能灵活采用身边朋友的著作里，以及我过去的采访中收集到的"声音"。对那些慷慨允许我使用相关资料的人，我在此表示衷心的感谢。此外，我还得到了我任教的大阪大学学生们的配合。我在课堂上听了他们的意见后，进一步拓展和加深了自己的想法。此外，我还引用了许多他们写的期末报告里的内容。可以说，如果没有他们，就不会有这本书。

书稿写不下去的时候，我一般会驾车前往我喜欢的澡堂放松来寻找灵感。我现在居住的大阪府丰中市存在着"南北问题"，即大阪北部住着高学历的人，他们大多从事专业技能和管理层的工作，经济上也比较富裕。但与大阪市紧挨着的南部是平民区，目前正在进行大规模的社区再开发计划。在教育领域，据说孩子们的学习能力也存在相当大的"南北差距"。我喜欢的澡堂刚好位于南部,这里 24 小时营业,收费只要 400 日元,设施宽敞且齐全,堪比超级大浴场。

我刚开始在那里泡澡的时候有件事很惊讶,就是发现那里有文身的人相当多。我问了后来熟识的人,他们说:"你看,那是因为这里允许我们进来嘛。"这家澡堂没有贴着"禁止有文身、刺青的人进入"的告示,即便有人文了身也可以毫不拘谨地进来泡澡。澡堂里的大叔大爷,甚至是年轻人,都非常温和,表情亲切(因为在泡澡呀,这不是理所当然的嘛!)。我在那里完全没有感觉到和他们说话很可怕,也没发现有所谓的"让人望而生畏的刺青小哥",反而时不时能享受一段"最幸福的时光"。

有一次我浸泡在澡池里,突然想到"这里也存在家长主义吧"。出生的家庭环境也会影响孩子长大后会不会文身的概率。当然,我绝不是说文身本身是坏事。只是概率上来说,本科毕业的人比较少文身。像我这样在大学工作的人,更是几乎没有人去文。澡堂里的人都面带微笑,如果不看脖子以下的身体,真的很难判断谁有文身,谁没有。然而,一旦走出澡堂,大家就会区别对待有文身的人和没有文身的人,这就是日本的现实。可以说这也是家长主义的一个侧面。

顺便一提,我最大的爱好是踢足球,也喜欢看比赛。

距今大概 30 年前,我组织本地的年轻人成立了一个足球队。那时我 30 岁出头,刚结束在英国的留学,回到了老家。当时我在大阪教育大学工作,两个年龄相差较大的弟弟,一个大学毕业,另一个高中毕业,他们也都爱踢足球,但感觉只是我们自己踢不够尽兴，于是召集了他们的同学，创建了一个名为"Gauntlet"[1]的社会球队。英语里有一个词组叫"take up the gauntlet"，意思是"（拿起击剑手套）接受挑战"。我有一个朋友当时经营一家居酒屋，我考虑把那里作为球队的聚集地。那家店的名字叫"Gantora"。"手套"（Gauntlet）正好与其谐音。总之，这是个双关语。正巧，那一年（1993年）也是J联赛[2]启动的一年。

在第六章中，我谈到了"幸福"。我觉得幸福就是"与喜欢的人一起做喜欢的事"。和朋友们在这个球队里定期踢球，对现在的我来说是最大的幸福。

顺便说一下现在的球队成员有60多岁的我（被队友称为"Ko桑"），比我大1岁的成，50多岁的北川和山本；伊藤今年刚满50岁，也是我们现在的队长，还有他的同学太郎、坂尾、GaraGara君、吾理；中村和平井比他们小1岁，再小1岁的是我弟弟大介，还有他的同学小哲、小龙、小山；坂井、小清、西冈、信雄、堀田、小冈部都是40多岁，30多岁的有小圭和我儿子直树，20多岁的是悠木。一共24人。

最年长的成比我大1岁，我40多岁的时候，他本来在另一个球队，偶然以"外援"身份来我们这边踢，从那时起他就常常出现在我们这边。最年轻的悠木是大四学生，也是吾理的儿子。成和悠木的年龄差了40多岁。

---

1 Gauntlet最初是指中世纪的铁手套，保护手臂和手部的护具。后来，这个词的引申义演变为接受挑战或者面对困难，也可以指一系列困难或危险的考验。
2 J联赛是日本职业足球联赛（Japan Professional Football League）的缩写，是日本国内最高水平的足球联赛。

整体来看，队员里本科毕业和高中毕业的占了大约一半。大家的职业也各种各样。广义来说企业上班族居多，也有公务员和自由职业者。小山目前外派到了底特律，未来几年暂时不会回来。

虽然我们年龄各异，社会角色不同，但通过地缘、血缘、学校的缘分，因为"热爱足球"这个共同点连接在了一起。这样一个普通的本地球队马上就要迎来成立30周年了。

写这篇后记的今天，我们球队还举办了烧烤聚餐，是时隔两年的活动。大家非常开心。但每个人心里也会想念另一个成员——弘之。如果我的这个弟弟还活着，今年刚好50岁了。他在队里长年担任队长，是球队最大的贡献者。疫情期间，刚好是去年的今天，他离开了我们。今年春天我们给球队做了新队服，他曾经穿过的"11号"将永远空缺，这个号码也永远属于他。

他有3个孩子，分别在读大学、高中和初中。弘之还没能看到他们长成独当一面的大人就去了另外一个世界，一定心有不甘吧。每个星期日踢球的时候，我们都会把他的球衣挂在公园的树枝上，感觉他仍然在和我们一起踢。有生之年，我希望自己能一直这样踢下去。

我想把这本以父母之心为主题的书献给在疫情期间去世的弟弟弘之。

志水宏吉

2022年5月4日

参考文献

第一章　拼家长的社会——问题出在哪里？
飯田 健・上田路子・松林哲也 2011「世襲議員の実証分析」、『選挙研究』26巻2号、139-153頁
石田 浩・三輪 哲 2008「階層移動から見た日本社会——長期的趨勢と国際比較」、『社会学評論』59巻4号、648-662頁
市川伸一 2002『学力低下論争』ちくま新書
苅谷剛彦・志水宏吉・諸田裕子・清水睦美 2002『調査報告「学力低下」の実態』岩波ブックレット
志水宏吉 2021『二極化する学校——公立校の「格差」に向き合う』亜紀書房
清水紀宏［編著］2021『子どものスポーツ格差——体力二極化の原因を問う』大修館書店
本田由紀 2005『多元化する「能力」と日本社会——ハイパー・メリトクラシー化のなかで』NTT出版
Brown, P., 1990, 'The Third Wave :Education and the Ideology of Parentocracy', *British Journal of Sociology of Education*, vol. 11, No.1, pp.68-85

第二章　被逼入絶境的孩子们
志田未来 2021『社会の周縁を生きる子どもたち——家族規範が生み出す生きづらさに関する研究』明石書店
志水宏吉・徳田耕造［編］1991『よみがえれ公立中学——尼崎市立「南」中学校のエスノグラフィー』有信堂高文社
竹内 洋 1995『日本のメリトクラシー——構造と心性』東京大学出版会
知念 渉 2018『〈ヤンチャな子ら〉のエスノグラフィー——ヤンキーの生活世界を描き出す』青弓社

第三章　深陷焦虑的家长
伊佐夏実［編著］2019『学力を支える家族と子育て戦略——就学

前後における大都市圏での追跡調査』明石書店
　A.ギデンズ 2015『社会の構成』(門田健一訳) 勁草書房
小針 誠 2021『国立・私立小学校の入学志向に関する実態調査報告
　書 (首都圏版・速報値)』
清水紀宏 [編著] 2021『子どものスポーツ格差——体力二極化の原
　因を問う』大修館書店
橘木俊詔 2017『子ども格差の経済学——「塾、習い事」に行ける
　子・行けない子』東洋経済新報社
中澤智恵・余田翔平 2014「〈家族と教育〉に関する研究動向」、『教
　育社会学研究』第95集、171-205頁
中澤 渉 2014『なぜ日本の公教育費は少ないのか——教育の公的役
　割を問いなおす』勁草書房
広田照幸 1999『日本人のしつけは衰退したか——「教育する家
　族」のゆくえ』講談社現代新書
P.ブルデュー & J.-C. パスロン 1991『再生産——教育・社会・文
　化』(宮島喬訳) 藤原書店
ベネッセ教育総合研究所 2017『学校外教育活動に関する調査2017
　——幼児から高校生のいる家庭を対象に』
本田由紀 2008『「家庭教育」の隘路——子育てに強迫される母親た
　ち』勁草書房
矢野眞和 2013「費用負担のミステリー——不可解ないくつかの事
　柄」、広田照幸 他『大学とコスト——誰がどう支えるのか』岩波
　書店、169-193頁
Bourdieu, P., 1986, 'The Forms of Capital', in Richardson, J.,
　*Handbook of Theory and Research for the Sociology of
　Education*, Greenwood, pp.241-258
Lareau, A., 2003, *Unequal Childhoods : Class, Race, and Family
　Life*, University of California Press

第四章　困惑的老师们

小野田正利 2013『普通の教師が"普通に"生きる学校——モンス
　ター・ペアレント論を超えて』時事通信社

柏木智子 2020『子どもの貧困と「ケアする学校」づくり――カリキュラム・学習環境・地域との連携から考える』明石書店

W.K. カミングス 1981『ニッポンの学校――観察してわかったその優秀性』(友田泰正訳) サイマル出版会

志水宏吉 1997『子どもの変化と学校教師の課題――兵庫県A市におけるインタビュー調査から』東京大学大学院教育学研究科

志水宏吉［編］2009『「力のある学校」の探究』大阪大学出版会

志水宏吉 2018「同和教育の変容と今日的意義――解放教育の視点から」、『教育学研究』85巻4号、420-432頁

志水宏吉 2021『二極化する学校――公立校の「格差」に向き合う』亜紀書房

中村瑛仁 2019『〈しんどい学校〉の教員文化――社会的マイノリティの子どもと向き合う教員の仕事・アイデンティティ・キャリア』大阪大学出版会

鍋島祥郎 2003『効果のある学校――学力不平等を乗り越える教育』解放出版社

西田芳正 2012『排除する社会・排除に抗する学校』大阪大学出版会

日本教育社会学会 2018『教育社会学事典』丸善出版

濱元伸彦・原田琢也［編著］2018『新自由主義的な教育改革と学校文化――大阪の改革に関する批判的教育研究』明石書店

向山洋一 2007「モンスターペアレント被害の実態」、『教室ツーウェイ』2007年8月号、明治図書

第五章　四面楚歌中的教育行政

市川昭午 1995『臨教審以後の教育政策』教育開発研究所

G. ウイッティ、S. パワー、D. ハルピン 2000『教育における分権と選択――学校・国家・市場』(熊田聰子訳) 学文社

大阪府教育委員会事務局スタッフ 2005『行政が熱い　大阪は教育をどう変えようとしているのか』明治図書

志水宏吉・鈴木勇［編著］2012『学力政策の比較社会学【国際編】――PISAは各国に何をもたらしたか』明石書店

志水宏吉・山田哲也［編］2015『学力格差是正策の国際比較』岩波書店

志水宏吉 2018「同和教育の変容と今日的意義――解放教育の視点から」、『教育学研究』85巻4号、420-432頁

志水宏吉 2021『二極化する学校――公立校の「格差」に向き合う』亜紀書房

志水宏吉 2022「公正を重視する大阪の公教育理念」、髙谷幸『多文化共生の実験室――大阪から考える』青弓社、214-233頁

中西正人 2020『大阪の教育行政――橋下知事との相克と協調』株式会社ERP

橋本光能 2018「激動の平成20年代――我々はどう生きてきたのか」、『大阪府立高等学校長協会70周年記念誌』16-21頁

前川喜平他 2018『前川喜平 教育のなかのマイノリティを語る――高校中退・夜間中学・外国につながる子ども・LGBT・沖縄の歴史教育』明石書店

耳塚寛明・樋田大二郎［編著］1996『多様化と個性化の潮流をさぐる――高校教育改革の比較教育社会学』学事出版

Brown, P., 1990, 'The Third Wave : Education and the Ideology of Parentocracy', *British Journal of Sociology of Education*, vol. 11, No.1, pp.65-85

第六章　摆脱家长主义的道路

志水宏吉 2020『学力格差を克服する』ちくま新書

志水宏吉 2021『二極化する学校――公立校の「格差」に向き合う』亜紀書房

Bellanca, N., 2019, *Isocracy : The Institutions of Equality*, Springer

PARENTOCRACY: "OYAKAKUSA JIDAI" NO SHOUGEKI
by Shimizu Kokichi
Copyright © 2022 Shimizu Kokichi
All rights reserved.
Original Japanese edition published by Asahi Shimbun Publications Inc., Japan
Chinese translation rights in simple characters arranged with Asahi Shimbun Publications Inc., Japan through BARDON CHINESE CREATIVE AGENCY LIMITED, Hong Kong.

图字：09-2023-0423 号

图书在版编目（CIP）数据

父母格差 /（日）志水宏吉著；高璐璐译. --上海：上海译文出版社，2025.1. --（译文纪实）. --ISBN 978-7-5327-9657-1

Ⅰ. I313.55

中国国家版本馆 CIP 数据核字第 2024T20X12 号

父母格差
[日] 志水宏吉 著 高璐璐 译
责任编辑/薛 倩 装帧设计/邵 旻 观止堂_未氓
上海译文出版社有限公司出版、发行
网址：www.yiwen.com.cn
201101 上海市闵行区号景路 159 弄 B 座
上海市崇明县裕安印刷厂印刷

开本 890×1240 1/32 印张 6.25 插页 2 字数 85,000
2025 年 1 月第 1 版 2025 年 1 月第 1 次印刷
印数：0,001—8,000 册

ISBN 978-7-5327-9657-1
定价：52.00 元

本书中文简体字专有出版权归本社独家所有，非经本社同意不得转载、摘编或复制
如有质量问题，请与承印厂质量科联系。T: 021-59404766